AF317153

LA FLORIMONDE,

COMEDIE.

DERNIER OVVRAGE

DE M^r DE ROTROV.

A PARIS,

Chez ANTOINE DE SOMMAVILLE, au Palais,
dans la Gallerie des Merciers, à l'Escu de France.

___

M. DC. LV.

AVEC PRIVILEGE DV ROY.

ACTEVRS.

CLEANTE.

FLORIMONDE

THEASTE.

CLEONICE.

EVANDRE.

TYRSIS.

CLEONTE.

THYMANTE.

FLORIMONDE
COMEDIE.

ACTE PREMIER.

SCENE PREMIERE.

CLEANTE. FLORIMONDE.

FLORIMONDE. ſuiuant Cleante.

*P*Ortant les yeux ailleurs, arreſte au moins
tes pas,
Souffre que ie te parle, & ne m'écoute pas,
Ne ſoit point acceſſible au mal qui me tourmente,
Meſpriſe conſtamment vne importune Amante,

A

FLORIMONDE

Mais accorde (cruel) ce bien à mes douleurs,
Que ie voye vn moment le sujet de mes pleurs,
Ie ne desire plus forcer ton iniustice,
Ie ne demande pas, que tu me sois propice,
Ces bois ont deuant moy la faueur que ie veux,
Et ta presence, ingrat, satisfera mes vœux.

CLEANTE.

Ha! voilà profaner d'vne amour trop constante,
Ce qui de tant de monde est l'espoir & l'attente,
Madame, pour moy seul ne desesperez pas,
Mille esprits amoureux de vos rares appas;
Ne considerez point vn objet insensible,
Vn homme indifferent de glace, inaccessible,
Indigne de vos vœux, qui n'a rien merité,
Et qui n'a rien de cher apres sa liberté;

FLORIMONDE.

Par quelle destinée, & par quelle auanture,
Ai-je pour vn ingrat vne amitié si pure;
Rien ne le peut toucher, & ma fidelité,
Peut tenir si long-temps, contre sa cruauté.
Le Ciel, barbare esprit escoute tout le monde,
Et ce qu'il est à tout, il l'est à Florimonde,
Il sera plus sensible à ma ferme amitié,
Si ie te prie en vain, j'obtiendray sa pitié,

Apres tant de refus , tu pousseras des plaintes ,
D'vne pasle couleur ses roses seront teintes ,
Tu perdras le courage ainsi que ie le perds ,
Celle que tu suiuras mesprisera tes fers ,
Et quand tu souffriras pour cette ame inhumaine ,
Ie seray satisfaite , & beniray ta peine ;

C L E A N T E.

Alors , n'espargnés point cét ingrat , ce cruel ,
Qui nie à vostre enuie vn desir mutuel ;
Dites , ie suis vangée , & voila ce barbare ,
Qui refusoit l'honneur d'vne amitié si rare ;
Voilà ce doux charmeur qui prit ma liberté ,
De qui j'estois esclaue , & qu'on a rebuté ;

F L O R I M O N D E.

Ce Dieu , dont tant de Dieux ont senty la colere ,
Et qui porta ses traits iusques au sein de sa mere ,
Ce Monarque commun des Dieux & des mortels
Affranchit peu de cœurs du droict de ses autels ;
Il faut que tout defere à son pouuoir supréme ,
Ce droit est appuyé sur son exemple mesme ,
De soy-mesme on l'a veu luy-mesme triomphant ,
Et Psiché fut l'objet des vœux de cét enfant .

A ij

CLEANTE.

Voyez, comme l'amour apprend de belles choses;
Vous auez leu cela dans les Metamorphoses;
Mais ce siecle n'est plus;

FLORIMONDE.

                    Traistre, ry de mes pleurs,
Ioins la confusion à mes autres douleurs;
Porte plus loin encore les efforts de ta haine,
Et m'arrache ce cœur, de la main qui l'enchaisne;
De ma mort seulement recompense mes soins,
En m'estant plus cruel, tu me le seras moins;
La prise de mon cœur satisfait mon enuie,
Quand tu ne le prendras, qu'aux despens de ma vie.

CLEANTE.

Blasmez moins de froideur, que de stupidité,
Cét indigne vainqueur de vostre liberté;
I'ignore par quel sort ma raison a des forces
Qui ne cedent, Madame, à vos moindres amorces;
I'ay de ma propre main tasché de me blesser,
I'ay voulu sur mon cœur vostre image tracer,
I'ay cent fois medité sur vostre amour extréme,
Et j'ay fait des efforts, pour m'affoiblir moy-mesme.

Mais inutilement, & ce cœur glorieux
Et de vous, & de moy, reste victorieux.
Mais qui suis-je, Madame, & fuſſais-ie estimable
En ne vous aimant point, vous suis-ie encore aimable
Et pouuez-vous priser le moindre des mortels,
Qu'Amour, comme trop vil bannit de ses Autels;
Euitez mes regards, adieu ma propre honte
Nous separe, & vous rend mon absence plus prompte;

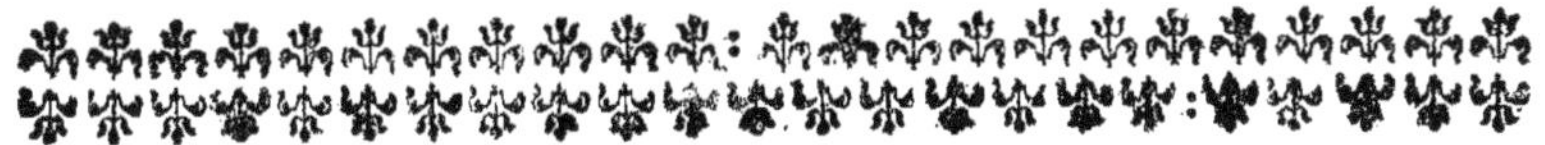

SCENE II.

FLORIMONDE.

VA criminel autheur des ennuys que ie sens,
Ne sois point fauorable à des vœux si preſſans,
Vn genereux effort peut restablir encore
Sur mes sens reuoltez cét esprit qui t'adore,
Ie puis ne t'aymer plus, & tes charmans appas
Preſſent bien ma raison, mais ne l'estouffe pas.
Hors d'espoir du secours qu'vn ingrat me denie,
Ceſſez, lâches tesmoins, d'vne lâche manie,
Larmes, plaintes, souspirs, ennemis de ma paix,
Vous n'auez plus de part au dessein que ie faits;
I'armeray ma raison contre de si doux charmes,

A iij

Ie me feray des ieux du sujet de mes larmes,
Mes pensers chaque iour, d'vn soin industrieux
Me feront de Cleante vn portraict odieux ;
I'oublieray les vertus dont son ame est pourueuë,
Et dessus ses deffauts i'arresteray ma veuë,
Ma resolution brisera tous ses traits,
Par le plus grand effort, qu'vn esprit fist iamais,
Desia, si ie me sens, ma passion s'altere,
Mes liens sont rompus, la liberté m'est chere,
Et desia ie rougis d'auoir si laschement
Souspiré tant de fois, pour vn indigne Amant.

SCENE III.

THEASTE. FLORIMONDE.

THEASTE.

CHacun s'offense enfin des mespris de Cleante,
Il deut voir d'vn autre œil vostre ardeur
violente :
Vostre veuë autresfois enchantoit nos esprits,
Aux plus dous entretiens, vous remportiez le prix ;
Au lieu que maintenant pensiue & solitaire,
Vous vous estes prescrit vn exil volontaire,

Et n'entretenez plus que des fleurs & des bois,
Depuis que cét ingrat vous range sous ses Loix,

FLORIMONDE.

Ce cœur brize ses fers ; vn effort necessaire
Va rauir à l'amour ce lasche tributaire ;
Trop de honte estoit iointe à ma ferme amitié,
Et ie n'implore plus que ma seule pitié.

THEASTE.

I'aprouue cette fin de vostre inquietude,
Trop d'iniustice est ioint à son ingratitude,
On murmuroit par tout d'vn si dur traitement,
Et qu'vn si beau sujet aymast si laschement
Souspirer sans espoir, & souffrir sans relasche,
Estoit honteusement rendre la Beauté lasche,
Les Dames de ces lieux s'offençoient de vos pleurs,
Et ne pouuoient sans honte excuser vos douleurs.
Mais qu'aucun ne fust plus capable de vous plaire,
Seroit d'vn mal honteux, passer en vn contraire ;
Ne vous emportez point à cette extremité,
Et soyez sans orgueil, comme sans lascheté.

FLORIMONDE.

Non, non, en le perdant, ie perds aussi l'enuie,
De reconnoistre plus vn Tyran de ma vie,

Vn Dieu qui n'a point d'yeux, & que l'aueuglement,
Rend vn indigne autheur du bien & du tourment.
I'aymeray cét émail, dont la viue peinture,
Fait par tant de couleurs eſtimer la Nature,
Ie preſteray l'oreille à ces Chantres des airs,
Dont la Nature ſeule accorde les concerts;
I'aymeray de reſuer aux bords de ces fontaines,
Que frizent les Zephires de leur fraiſches haleines;
I'aymeray l'entretien, le cours, le ſon des Luts,
Enfin, i'aymeray tout, quand ie n'ameray plus,

THEASTE.

On reſout ayſément; mais que l'effet eſt rare,
En vn objet ſi doux, d'vn deſſein ſi barbare;
Et qu'il eſt mal-aiſé qu'auec tant d'appas,
Vous faſſiez tant d'Amans, & que vous n'aymiez pas,

FLORIMONDE.

Le nombre eſt bien petit des eſprits que ie bleſſe,
I'ay trop à mes deſpens reconneu ma foibleſſe,
Et ne preſume pas de vaincre ſans deſſein,
En ayant vn ſi fort, où mon trauail eſt vain,
Ie n'ay rien de commun auec vos inhumines,
Ie ne prépare point ny de prix, ny de peines,
I'ay de ce que ie vaux vn trop ſain ſentiment;
Eſcoutez toutesfois cét aduertiſſement.

Qu'aucun

Qu'aucun ne me tesmoigne vne ardeur violente,
S'il n'est prest à souffrir des fautes de Cleante,
Il n'est mespris égal au desdain rigoureux,
Dont ie me vangerois deſſus ce mal-heureux,
Alors ie me plairois à signaler mes forces,
Pour accroiſtre ſes maux, i'accroiſtrois mes amorces,
Et plus ie luy verrois tesmoigner de soucy,
Plus ie tesmoignerois de cruautez aussi.

T H E A S T E à genoux.

Exercez donc ſûr moy ces rigueurs infinies,
Qu'en moy, de cét ingrat les froideurs soient punies;
Ie ſuis ce mal-heureux entre tous les esprits
Pour qui vous preparez tant d'iniuſtes mespris.
C'eſt moy qui vous faits voir cette ardeur violente,
C'eſt moy moy, qui dois souffrir, des fautes de Cleante;
C'eſt moy qui vous adore, & ſuis le mal-heureux,
Qui doit eſtre l'objet d'vn mespris rigoureux.

F L O R I M O N D E.

Non non, ie ſeray l'obiet dont voſtre ame eſt atteinte;
Vn autre, peut tenter cette inutile feinte;
Mais Cleonie eſt telle, & ſes fers ſi charmans,
Qu'ils ne laiſſent iamais échapper ſes Amants.

B

THEASTE.

Qu'à vos yeux, de ce corps mon ame soit bannie,
Si j'auois ny pensées, ny vœux pour Cleonie ;
Ie trouue en ces Soleils des charmes trop puissants,
Et i'ay toûsiours seruy ces doux Roys de mes sens ;
Au point de vous parler, mon desir, & ma crainte,
M'ont toûsiours combattu d'vne égale contrainte ;
Et sortant pour vous voir, toûsiours au premier pas,
Vn timide respect m'a dit ne le fay pas.
Cette mesme beauté nous chasse, & nous attire,
Elle blesse, & deffend qu'on plaigne son martyre ;
Mesme sçachant l'ardeur dont ce cœur fut espris,
Ie desesperay bien de toucher vos esprits ;
Ie restraignis mes vœux, à l'espoir de la veuë
Des celestes attraits dont vous estes pourueuë.
Et fus à Cleonie offrir ma liberté
Mais pour voir plus souuent vostre rare beauté ;
Car faisant ce dessein, i'appris que cette belle,
Estoit de tous vos pas la compagne fidelle ;
Depuis, quoy qu'on ayt creu que j'aymois ses appas,
Ie ne cherchois que vous, quand ie suiuois ses pas ;
Et quand ie l'appellois insensible, inhumaine,
Vostre seule beauté faisoit naistre ma peine :
O Ciel qui connois tout, & qui vois mon amour,
Prouue ce que ie dis, ou me priue du iour.

FLORIMONDE.

L'agreable discours ; adore , simple , adore ,
Celle qui veut punir vn sexe qu'elle abhorre :
Sois l'object que ie cherche à mon ressentiment ,
D'vn superbe vainqueur porte le chastiment :
Mes dédains à tes cris fermeront mes oreilles ,
Et ie rendray iustice à toutes mes pareilles.

THEASTE.

Pour la punition d'vn qui ne vous veut pas ,
Perdrez-vous vn butin de vos rares appas ;
Acheuez toutefois , beau miracle du monde ,
Perdez vn mal-heureux , & vangez Florimonde.
I'attends le coup fatal , qui doit borner mes iours ,
Et bien-tost vos rigueurs en finiront le cours ;

FLORIMONDE.

I'ayme cét entretien , gemy , pleure , souspire ,
Puisque ma volupté s'accroist par ton martyre ;
Au hazard de tes iours , prouue ton amitié ,
Mais n'espere iamais , ny faueur , ny pitié.

Elle s'en veut aller.

THEASTE la retenant.

N'imaginez-vous point ma peine sans seconde ?
B ij

Dieux! comme il eſt aysé de tromper Florimonde!
Que vous eſtes credule, & que la vanité
Se rencontre ſouuent auecques la beauté!
Mon cœur paſſoit deſia pour voſtre, en voſtre eſtime,
Et vous diſiez deſia, ie tiens vne victime;
Eſtes-vous ſi facile, & ne ſçauez-vous pas,
Que la beauté que i'ayme a de ſi doux appas:
Sur vn autre (Madame) exercez la vengeance,
Qui doit à vos ennuys donner tant d'allegeance;
Ie n'accuſe pour vous, ny le Ciel, ny le ſort,
Et ne vous feray point coupable de ma mort.

FLORIMONDE.

Ie ne commence pas auiourd'huy, de connoiſtre,
Où l'artifice regne, & combïen l'homme eſt traiſtre:
Mais ie ne me plains point de cette trahiſon,
Ie t'ayme en cét eſtat, conſerue ta raiſon;
Adore Cleonic, & m'eſpargne le crime
De faire trop ſouffrir vn homme que i'eſtime.
Adieu: ne doute point du deſſein que ie fais,
Et qui s'aymera bien, qu'il ne m'ayme iamais.

Elle s'en va.

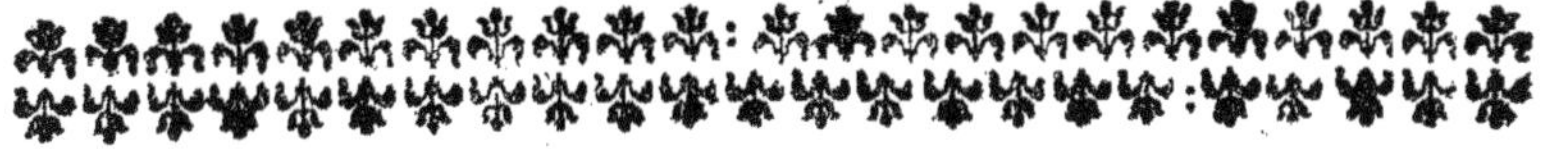

SCENE IV.
THEASTE seul.

SAisi, charmé, confus, amour, par quelle plainte
Prouueray-ie l'ennuy dont mon ame est atteinte :
Mes vœux sont mesprisez, tout espoir m'est osté,
Elle rit de ma peine, & de ma vanité,
Et ie conserue encore cette flamme importune
Qui trouble mon repos, & destruit ma fortune ;
Mes desirs sont payez d'vn aueugle refus,
L'ingrate me rebute, & ie n'espere plus ;
O vanité friuole ! orgueil insuportable !
Dont j'ay voulu couurir vne ardeur veritable !
Le temps qui change tout, eust changé ses mespris,
Et ma perseuerance eust touché ses esprits.
Mais mon cœur est esclaue, & mon humeur est vaine,
Vn mal-heureux captif veut deguiser sa peine,
I'oblige cette belle à me desobliger,
I'irrite sa rigueur, & i'ayde à m'affliger ;
Que resoudray-ie enfin : quel aduis dois ie suiure,
Ce mal-heur infiny, me permet-il de viure.
Luy dois-ie vne autre fois parler de mon tourment !
Et la dois-ie reuoir, en qualité d'Amant.

B iij

SCENE V.

CLEONIE. THEASTE.

CLEONIE le surprenant.

N'Y *songez plus resueur*

THEASTE.

Par ma peine infinie,
Iugez de vos attraits, aymable Cleonie ;
Ie songeois au moment que ce bel œil me prit ;
Cette vnique pensée occupoit mon esprit.

CLEONIE.

O tu n'as point d'ardeur qui te nuise de sorte,
Que tu ne souffres bien l'ennuy qu'elle t'apporte ;
I'en ay bien pour Theaste, il le faut confesser,
Mais ie n'en ay point tant qu'elle ne pûst cesser.
Vn peu plus de froideur, vn peu moins de caresses
Alentiroient beaucoup l'ardeur dont tu me presses ;
Et ie comparerois auec quelque raison,
La liberté d'vn autre auecques ma prison.

THEASTE reſuant.

Comment

CLEONIE.

N'y penſe plus, de quelle reſuerie
Te viens-ie de tirer, dy-le ſans flaterie;
Quel ennuy ſi profond ſur ce viſage eſt peint,
Quelle palleur ſe meſle aux roſes de ton teint;
Ton cœur eſt-il épris de quelque ardeur nouuelle,
Dy; ie l'aprouueray ſi la cauſe en eſt belle.

THEASTE reſuant.

Qu'eſt-ce; que dites-vous d'vne nouuelle amour;
O Dieux! de quelle humeur ie me trouue à ce iour.

CLEONIE.

Confeſſe le ſuiet de ta melancholie;
Parle

THEASTE.

Ie n'en ſçay point, que le nœud qui nous lie.
Voſtre abord me confond, & les rayons naiſſans,
De ces Aſtres jumeaux éblouyſſent mes ſens.

CLEONIE.

Encore que l'amour ne nous tourmente gueres,
On reçoit pour raisons ces deffaites vulgaires;
Ton excuse suffit, ie n'en demande plus,
Mais pour qui pousses-tu ces souspirs superflus.

THEASTE refuant encore.

Quoy?

CLEONIE.

Tu refues encore,

THEASTE.

Pardonnez Florimonde;
(Dieux, faut-il que toufiours mon difcours se côfonde?)
Cleonie excufez.

CLEONIE.

Non, non , il n'eft plus temps ,
De déguifer l'ardeur de tes feux inconftans;
Cette diuine fille à ton ame rauie;
Mais ie voy , cher Amy, fon bon-heur sans enuie;
Que la peur de ma plainte , & de mon defefpoir,
Ne te deftourne point du plaifir de la voir;
Cette iniure me plaift , qui m'arriue pour elle,

Et

Et l'infidelité ne fut iamais si belle.
Quoy tu trembles, Theaste, au point de me quitter,
Ton frere en m'oubliant t'apprit à l'imiter:
Quoy tu crains de le suiure, & frere d'vn perfide,
Tu peut en ce chemin marcher d'vn pied timide.

THEASTE.

Ha! ne soupçonnez point de cette lascheté
Vn qui ne veut mourir, que pour vostre beauté,
I'atteste de ma foy, qui n'a point de seconde,
C'est estre souuerain qui regit tout le monde,
Qu'vn infame renom à ma perte soit ioint,
Que ie sois aux neueux.

CLEONIE.

                          Atten, n'acheue point;
Souuent ces faux souhaits traisnent leur repentance,
Et ie crains ton mal-heur plus que ton inconstance.

THEASTE.

Que la cruauté mesme inuente des tourmens;

CLEONIE.

Ie te croiray plustost, espargne tes sermens.
Mais d'où procede donc la hayne illegitime,
Dont vn ieune estranger veut noircir ton estime;

C

Theaste, (m'a-t'il dit) auec mille dédains,
Est vn homme leger entre tous les humains,
Et l'infidelité n'a iamais fait paroistre
De telles laschetez qu'en l'esprit de ce traistre ;
Le Ciel souffre à regret ce monstre des mortels,
Et les siecles passez n'en ont point veu de tels :

THEASTE.

Faites mes yeux tesmoins de son extrauagance ;

CLEONIE.

Te dis-ie pas hier, qu'il fuyoit ta presence,
Que j'ignore son nom, & que depuis deux iours,
Il habite en ces lieux, & me tient ces discours.

THEASTE.

Sçauez-vous son logis?

CLEONIE.

                    Que veux-tu que ie die ;
Il ne me veut parler que de ta perfidie :
Il me cele son nom, son logis, ses parens,
Et ta seule inconstance est ce que j'en apprends.

THEASTE.

Adieu, si ie le voy, ma vengeance, & sa peine,

Rendront à vos beautez mon ardeur plus certaine,
Il defauoüera tout, au point de fon trefpas.

CLEONIE s'en allant.

Quand il auroit dit vray, ie n'en pleureroü pas.

Fin du premier Acte.

COMEDIE.

ACTE II.

SCENE I.

THEASTE. EVANDRE.

THEASTE.

E sçay la vaine attente où mon amour s'obstine,
Ie creuse mon tombeau , ie cherche ma ruine ;
Mon desespoir suiura cét inutile effort,
Et j'adore en ses yeux , la cause de ma mort :
Mais que m'opposes-tu , souffre que j'obeysse
Aux loix de mon mal-heur , & que ie me trahisse;
Au penser seulement de rompre ma prison,
Tous mes sens reuoltez, combattent ma raison ;
Et mon mal m'est plus doux, que la moindre pensée
De chasser de mon cœur cette ardeur insensée.

EVANDRE.

Pareil à ces enfans , que la peur de mourir
Touche moins, que l'aspect , de qui les peut guerir ;
Qui sans preuoir l'effect du mal qui les possede ,
Ne peuuent supporter Medecin, ny remede ;
Tel vostre lasche cœur tremble au simple conseil,
De mettre sur sa playe vn premier appareil ;
Ainsi tous les Amans s'obstinent à leur perte,
Quelque ayde qu'õ leur cherche, & qui leur soit offerte ;
Ainsi se trauailler pour son allegement ,
C'est faillir , & se faire ennemy d'vn Amant.

THEASTE.

I'auoüeray tes discours, si tu souffres que j'ayme,
I'ay des titres communs auec mon Maistre mesme,
Ie crains aueuglement l'aduis que ie reçoy,
Mais mon Maistre est enfant,& sans yeux,cõme moy.

EVANDRE.

Adioustez à ces noms le titre d'infidelle ,
Que fera Felicie ? & vous souuient-il d'elle ?
Ne souspirez-vous plus , pour vn objet si doux ,
Et peut-on retirer la foy qu'elle a de vous ?

THEASTE.

Peux-tu (cruel Amy,) m'affliger de la sorte ?

EVANDRE.

Comment ?

THEASTE.

Ne sçais-tu pas que Felicie est morte ?
Mon frere m'a mandé ce mal-heur sans pareil,
Et vid perdre le iour à ce ieune Soleil.

EVANDRE.

Vous ne m'en dites rien.

THEASTE.

     Le Ciel ouyt mes plaintes ,
Ne renouuelle point ces sensibles atteintes ;
Ie meurs à ce penser.

EVANDRE.

     Mais Cleonie au moins,
A possedé depuis vostre espoir & vos soins.

THEASTE.

Tu ressens comme moy l'amour qu'elle a fait naistre ;

Ie seray (si tu veux) lasche, perfide, traistre,
Mes souspirs estoient feints, mes sermens estoient faux,
Ie confesseray tout, j'auoüeray mes deffauts ;
J'adorois Florimonde, & l'œil de Cleonie,
Ne contribuoit point à ma peine infinie ;
Elle peut agréer ou Madame n'est pas,
Mais cét aymable objet dissipe ses appas ;
Elle est à ses costez, & sans lustre, & sans grace,
Comme auprés du Soleil, vne Estoille s'efface,
Et ie ne la suiuois, qu'auec dessein de voir,
Celle qui sur mes sens exerce son pouuoir.

EVANDRE.

Tu peux ne l'aymer plus, mais cette mesdisance,
Dont tu veux laschement couurir ton inconstance,
Est honteuse, & destruit ton premier sentiment,
Auec trop d'iniustice, & trop ingratement.
De tes lasches mespris, mon iugement s'irrite,
Et ie dois cette preuue à son rare merite,
Elle a des qualitez dignes de tes desirs,
Et ton affection est deuë à ses souspirs.

THEASTE.

Si tu veux (inhumain) m'affliger de la sorte ;
Brisons, sorts d'interest en tout ce qui m'importe :
Laisse-moy le soucy de gouuerner mes vœux,

Et ne t'obstine point contre ce que ie veux :
Voila cette beauté dont toute ame est charmée ;
De combien de rayons est la tienne enflammée ?
La faut-il aborder ? ô respects superflus,
Plains toy lasche captif, ne delibere plus.

SCENE II.

FLORIMONDE. THEASTRE. EVANDRE.

EVANDRE tout bas.

THEASTE à genoux.

TRoublé, confus, saisi d'vn repentir extréme,
C'est tout ce que ie puis, que dire, ie vous
    ayme,
Et que d'offrir vn cœur à vos rares beautez,
Qui s'estoit rebellé contre vos cruautez.

EVANDRE en riant, dit à Florimonde.

Qui ne plaindroit son mal à voir comme il souspire,
Et qui ne iugeroit, qu'il souffre vn vray martyre ;

Theaste.

THEASTE.

*Peux-tu, cruel Amy, douter de mon tourment;
Et t'oppofer toy-mefme à mon allegement?*

FLORIMONDE.

*La feinte deformais n'eft plus affez fubtile,
Faites vos paffe-temps d'vn efprit plus facile;
Ie n'aurois pas fuiet de trop de vanité,
Quand j'aurois du pouuoir fur voftre liberté.*

THEASTE.

*Vous doutez iuftement, combien ie vous refpecte,
Ma propre vanité rend ma flamme fufpecte;
Et vous m'auez fait voir des mefpris fi puiffans,
Que j'ay defauoüé cette ardeur que ie fents;
Mais cette vaine humeur cede enfin à ma peine,
Ie ne déguife plus vne amour fi certaine,
Et quelques longs mefpris, dont ie fois menacé,
Ie reconnois les traits, dont mon cœur fut bleffé:
Que iamais vos beaux yeux ne me rendent iuftice,
Que du crime d'autruy ie porte le fupplice;
N'épargnez ny froideurs, ny dédains, ny refus,
Ce fuperbe captif ne fe reuolte plus;
Ie rendray fans rougir ce tribut à vos charmes,
Et j'auoüeray par tout, le fujet de mes larmes.*

D

E V A N D R E   à Florimonde.

Il feint subtilement, il le faut confesser,
Mais il brusle d'vn feu, qui ne sçauroit cesser;

T H E A S T E.

Est-ce ainsi que tu serts vne douleur si forte?
Est-ce l'allegement que ta pitié m'apporte :
Iniurieux Amy, me niant du secours,
Laisse à ma passion au moins vn libre cours :
Adieu, laisse-moy seul;

F L O R I M O N D E.

            Non non, sa compagnie
N'augmente, ny decroist ma froideur infinie;
Ie croy ce qui vous plaist, vous m'aymez en effet,
Mais ne sçauez-vous pas le dessein que i'ay fait?
Et si vous ne doutez de mon indiff'rence,
Estes-vous satisfait d'aymer sans esperance :

E V A N D R E.

Madame, est il quelqu'vn qui ne sçache en ces lieux,
Qu'il ayme Cleonie à l'égal de ses yeux?
Et n'admirez vous point, auec combien d'adresse,
Il veut persuader, qu'vn autre obiet le blesse.

THEASTE tirant son espée.

Traistre , c'est trop souffrir ce discours insolent ,
Par qui , tu rends suspect vn feu si violent.
Lâche, qu'vn prompt départ de ces lieux te retire ,
Où ton sang répandu prouuera mon martyre ;

EVANDRE.

Voyez à la paleur , dont son visage est peint ,
S'il peut auec plus d'art témoigner ce qu'il feint.

THEASTE à Florimonde qui le tient.

Souffrez ,

EVANDRE en riant.

Qui ne croiroit que son esprit s'altere ?
Et qui ne diroit pas , Theaste est en colere ?

THEASTE que Florimonde tient.

Traistre , indigne suiet de mon affection ;
Madame , consentez à sa punition.

EVANDRE.

O Dieux ! qu'il est adroit ! & par quel artifice ,
D'vn simple passe-temps , il fait vn vray supplice ;

D ij

Qui d'vn mal si bien feint n'auroit quelque soupçon;
Ne le croyez pourtant , que de bonne façon :
Adieu;

Il s'en va en riant.

SCENE III.

THEASTE.   FLORIMONDE.

THEASTE.

TV fuis en vain , lasche obiet de ma haine ,
D'vne heure seulement tu differe ta peine ,
Et ny soin , ny faueur, ou du Ciel , ou du sort ,
Ne diuertiroient pas le moment de ta mort ;

FLORIMONDE.

Ainsi , continuant l'honneur que vous me faites ,
Vne ardeur inutile en rompt de si parfaites ;
Vous m'aymez , ie le croy, mais ne sçauez-vous pas,
Que ie hay ce mot seul , autant que le trépas ;
Ne m'esperez iamais , ny douce , ny traitable ,
Quand i'ay fait vn dessein , il est irreuocable ;
L'amour rend à mon cœur ses titres absolus ,
Auec condition de ne me l'oster plus.

THEASTE.

Augmentez vos rigueurs, & s'il se peut Madame,
Que voſtre cruauté soit égale à ma flamme,
Ie ne m'obſtine point contre vn ferme propos,
Et n'ay point de deſſein contre voſtre repos.
Mais exempte d'amour souffrez d'eſtre adorée,
Ie preuoy mon mal heur, ma perte eſt aſſurée;
Mais la neceßité de mourir de vos coups,
Me fait hayr ailleurs vn traitement plus doux;
Et vous me plaiſez plus, inſenſible & cruelle,
Qu'vne qui me rendroit vne ardeur mutuelle;

FLORIMONDE.

Et bien souffrez, Monſieur, ſans eſpoir de ſecours,
Tant que de vos ennuys le Ciel borne le cours;
Puis qu'en vous, cõme ailleurs ma froideur ſans ſecõde,
Laïſſe vne liberté commune à tout le monde;
I'ouure l'œil ſans deſſein, i'ignore ſon effet,
Et ne puis reformer ce que Nature a fait.

THEASTE.

Mais le temps a changé des froideurs ſans pareilles,

FLORIMONDE.

Vous acheuerez ſeul, adieu, contez merueilles,

Cleã
vient.

Elle
va.

SCENE IV.

CLEANTE. THEASTE.

CLEANTE.

THeaſte auoüéras-tu ce que ie veux ſçauoir ;

THEASTE.

Ie conﬂeray tout , s'il eſt en mon pouuoir ;

CLEANTE.

Aymes-tu Florimonde?

THEASTE.

Helas ! de quelle enuie,
Ie voy (fidelle Amy) le bon-heur de ta vie !
Qu'vn Aſtre fauorable en deſtourne tes pas !
Et que le ſort eſt doux à qui ne l'ayme pas !

CLEANTE.

Quoy, tu te plains deſia ? cette preſomptueuſe
Ne ſçait pas eſtimer ton ardeur vertueuſe :

Le mespris luy fied mal, apres tant de refus
Qu'on a faits ſi long-temps à ſes vœux ſuperflus.
Veut-elle, ayant ſouffert vne ſi longue peine,
Changer de qualité ? trancher de l'inhumaine :
Et briguer vne place au rang de ces beautez,
Dont on voit tous les iours, tant d'Amans rebutez.

THEASTE.

Quelle (cruel Amy) dans ce rang redoutable,
A raiſon de pretendre vn lieu plus équitable ;
As-tu porté les yeux ſur les lys de ſon ſein,
Sans conceuoir au moins vn amoureux deſſein.
As-tu veu, ſans amour, l'or de ſes treſſes blondes,
Deſſus vn front ſi blanc ſe diuiſer en ondes ?
Et le Ciel deuoit-il, qu'à ſes diuines mains,
Commettre à gouuerner le deſtin des humains ?

CLEANTE.

O Dieux ! Theaſte en tient : le beau ſujet de rire !
Encore vn iour, ou deux, & nous verrons bien pire ;
Theaſte, pauure Amant, helas ! que ta raiſon
Touche deſia de prés ſa derniere ſaiſon :
Es-tu de ces eſprits, qui feconds en chimeres,
Se font d'obiects mortels, des Dieux imaginaires ?
As-tu ces meſmes yeux :

THEASTE.

Adieu, telle qu'elle est,

Souffre que ie l'adore, & dy ce qui te plaiſt.

Il s'en va.

SCENE V.

CLEANTE ſeul.

IL eſt vray que iamais rigueur plus obſtinée,
D'vne chaſte beauté n'a l'ardeur terminée;
Que ſes vœux innocens deuoient m'eſtre plus chers,
Et qu'elle a des bontez, à fendre des Rochers:
I'ay ry de ſes ſouſpirs, i'ay meſpriſé ſes charmes,
Et j'ay veu d'vn œil ſec, ſes yeux moüillez de larmes;
Mille Amants plus parfaits ſoûpirent ſous ſa Loy,
Et ce qu'ils font pour elle, elle l'a fait pour moy;
Ie l'ay veu à mes pieds, paſle, triſte, malade,
Me prier de l'entendre, implorer vne œillade;
Ie voyois de ſes pleurs ſon beau ſein arrouſé,
Et ie luy reprochois, ce que j'auois cauſé;
Ie condamnois l'ardeur qu'elle faiſoit paroiſtre,
Et ne pouuois ſouffrir, ce que ie faiſois naiſtre;

O rigueur

O rigueur criminelle ! indigne cruauté !
Contre vne si charmante , & parfaite beauté !
Mais que cét entretien est contraire à l'enuie,
Que j'ay de conseruer le repos de ma vie !
Si franc de paßion ie raisonne en Amant,
Et songe auec plaisir à cét objet charmant.
Cessez tristes discours , loin friuoles pensées,
Messagers importuns de flammes insensées ;
Qui domptez la raison , & disposez les cœurs,
A dépendre d'amour , & souffrir des vainqueurs ;
Ne me figurez plus cét objet adorable,
Et souffrez que Cleante ayt vn repos durable.

SCENE VI.

CLEONIE, TYRSIS, CLEANTE.

CLEONIE monstrant Cleante à Tyrsis.

Voila ce beau Rocher, qui respire le iour,
Cét esprit insensible aux attraits de l'Amour ;
Ce cœur inacceßible à ses diuines flammes,
Et ce fier dedaigneux des libertez des Dames ;

Cleante est-il pas vray ?

CLEANTE.

Quoy ?

CLEONIE.

Que iamais les Cieux
Ne furent plus serains , ny plus beaux à nos yeux ;
Et qu'on n'auoit point veu tant de beautez écloses ,
Depuis que l'œil du iour r'anime toutes choses.

CLEANTE.

Ce iour est sans pareil.

CLEONIE.

Ces deux Chantres de l'air
Font ouyr en ces lieux leur amour sans parler.
Voy , qu'au bord de ces eaux , Zephyre baise Flore,
Toute parée encore des perles de l'Aurore.
Ces arbres iusqu'au cœur se sentent embrazer ,
Voy leurs feüillages verds , émeus , pour se baizer ;
Et voy que doucement l'eau baise ce riuage,
Qui l'a tient embrassée , & cause son seruage ;
Es-tu seul insensible aux amoureux appas ?
Ces obiects innocens ne t'émeuuent-ils pas !

Florimonde vaut tant.

CLEANTE.

Cette fille importune
Vous fait-elle embraſſer le ſoin de ſa fortune,
Ne ſe rend-elle point à de ſi longs refus,
Et n'ayant rien acquis , croit-elle obtenir plus?

CLEONIE.

Non non, cette beauté dont toute ame eſt charmee,
Fait naiſtre de la flamme , & n'eſt plus enflammee;
Elle ne cherche plus de ſecours à ſon mal,
Ses trauaux ſont finis par vn ordre fatal,
Cette puiſſante main qui ſouſtient tout le monde
Eſtablit le repos au ſein de Florimonde;
Vn genereux effort dégage ſes eſprits,
Et d'vne laſche amour, fait vn iuſte meſpris.

CLEANTE.

Sa reſolution eſt digne de loüange,
Et ie l'eſtime plus , pour cét effet eſtrange,
Que pour auoir ſouffert vn ſi cruel tourment ;
Adieu, que ſon meſpris dure eternellement.

Il s'en va.

E ij

SCENE VII.

CLEONIE & TYRSIS seuls.

CLEONIE.

Dieux ce barbare esprit, de la mesme constance,
Qu'il a veu son amour, voit son indifference.

TYRSIS.

I'approuue qu'il conserue vn cœur indifferent,
Et ne condamne point ce mespris apparent;
Mais l'oubly, ce me semble, est digne de tonnerre,
Ce crime dust armer le Ciel contre la Terre;
Et son iuste courroux n'éclatte iamais tant,
Qu'en la punition d'vn esprit inconstant.

CLEONIE.

Il est vray que ce vice est vn deffaut extréme.

TYRSIS.

Et vous souffrez vn traistre, & l'inconstance mesme;

Vn perfide eſt ſouffert au nombre des mortels,
Et l'Amour le reçoit encore à ſes Autels;

CLEONIE.

Vous parlez de Theaſte?

TYRSIS s'enfuyant.

Adieu, ie voy ce traiſtre;

SCENE VIII.

CLEONIE. THEASTE.

CLEONIE.

L*As tu veux me quitter, quand il t'a veu*
paroiſtre,

THEASTE.

Qui?

CLEONIE.

Ce ieune Eſtranger, dont l'eſprit violent,
Ne ſçauroit contenir ſon mépris inſolent;

Qui te porte vne haine à nulle autre seconde,
Et te peint si leger aux yeux de tout le monde.

THEASTE.

Quel sentier a-t'il pris : courons ;

CLEONIE.

                              Ie ne crois pas,
Que ta course à present puisse atteindre ses pas ;
Ie crains vn triste effet du courroux qui le presse ;
Theaste, le voicy, reuien ; Quelle vitesse ?
O Dieux ! iamais cheureil n'a d'vn pas si pressé,
Euité les assauts dont il est menacé ;

Theaste reuient.

THEASTE.

Fay que ce lasche cœur se presente à ma veuë ;
Où l'as-tu veu cruelle.

CLEONIE.

                          Ha simple , tu m'as creuë ?
Tu ne tiens rien Theaste , il est bien loin d'icy,
Son trespas me seroit vn trop cuisant soucy,
Si ie l'auois causé ;

THEASTE.

                          Ta remise inutile

Luy feroit dans le Ciel chercher vn vain azyle ;
Ie sçauray son dessein.

CLEONIE.

Reconduy-moy chez nous ;
Apres, suy les accez de son iuste courroux ;
Mais ta ciuilité souffre dans ta colere,
Et tu dois tout soûmettre au dessein de me plaire.

Fin du second Acte.

ACTE III.

SCENE I.

FLORIMONDE. EVANDRE.

FLORIMONDE.

QVE ie m'entretenois d'vn espoir inutile!
Qu'en nos ieunes esprits la constance est
    fragile,
Et quelques genereux qu'ayent esté mes efforts,
Combien les traits d'amour sont encore plus forts;
Que ie sens vn effect contraire à mon attente,
Ma flamme chaque iour deuient plus vehemente;
Elle est plus supportable, alors qu'elle paroist,
Et le dessein que j'ay de la cacher, l'accroist.
I'ayme, j'ayme Cleante, & cét esprit barbare,
Me paroist chaque iour, plus charmant, & plus rare;
Il condamne mes pleurs, il rit de mes soûpirs,

Mais

Mais son ingratitude augmente mes desirs,
Et mon affection s'accroist par ma disgrace,
Comme chez luy mes feux produisent de la glace.
I'ay dessein toutefois de ne m'exposer plus,
A la confusion de souffrir ses refus;
I'éuite de ses yeux l'agreable lumiere,
Le trouuant sur mes pas, ie m'enfuy la premiere;
Ie destourne les yeux de ses charmans appas,
Mais à quoy ces froideurs, s'il ne les ressent pas?

EVANDRE.

La Loy d'amour, Madame, est vne Loy fatale,
On voit des changemens d'vne importance égale;
Ce vieillard affamé, qui mange ses enfans,
Quelquesfois des vainqueurs a fait des triomphans;
Cleante à ses despens vous peut rendre iustice,
Et d'vn mespris iniuste, éprouuer le supplice.

FLORIMONDE.

Quel homme si barbare a iamais veu le iour,
Et qui iamais a dit, Cleante a de l'amour.
O le friuole espoir!

EVANDRE.

Dedans ces ames lentes,
Ces ardeurs à la fin naissent plus violentes;

Il peut en vos ennuys prendre vne égale part,
Et beaucoup ayment plus , pour auoir aymé tard:
Vsez d'autres moyens , sur cette ame inhumaine,
Employez le mespris., ou la caresse est vaine;
Parez d'attraits nouueaux , & de nouuelles fleurs,
Ce teint si dénué de ses viues couleurs;
Et (si vous le voulez éprouuer dauantage;)
Il faut souffrir Theaste , agréez son seruage;
Feignez de l'estimer , qu'on en seme le bruit;
Et ce faux changement peut-estre aura son fruict.
Il peut se repentir de son ingratitude,
Et prendre part enfin , en vostre inquietude;

FLORIMONDE.

Ie suiuray ton aduis ; certaine émotion
Me promet quelque effet de cette inuention.
Voy de ce pas Theaste , & luy conte merueille,
Dy-luy , qu'il peut enfin posseder mon oreille;
Tendons à son amour cét appas deceuant,
Pour vn solide bien , n'épargnons point du vent;
En l'attendant chez nous , ie vais auec ma glace,
Consulter du retour de ma premiere grace;
Opposer ma constance aux ruisseaux de mes pleurs,
Et composer de tresue , auecques mes douleurs;

EVANDRE.

Feignez bien seulement, adieu, ie voy Cleante;

Elle s'en va.

SCENE II.

EVANDRE. CLEANTE.

CLEANTE.

SVis-ie si dangereuse ? mon abord l'épouuante ?
O Dieux ! quel changement !

EVANDRE.

Que voftre fort eft doux !
Qui l'approche d'vn autre , & l'efloigne de vous ;
Gouftez vn long repos , chaffez de vos pensées,
Cét objet importun de vos plaintes paffées !
Elle ne pouffe plus de foufpirs fi preffans,
Son cœur eft dégagé de l'empire des fens ;
Vn nouueau feu fuccede à fa flamme ancienne,
Et le Ciel reftablit voftre paix & la fienne ;

F ij

CLEANTE.

Connois-ie point l'autheur de ce brazier naiſſant?

EVANDRE.

Theaſte, eſt le ſuiet des ardeurs qu'elle ſent.

CLEANTE.

Theaſte vaut beaucoup.

EVANDRE.

Il languit, il ſouſpire,
Et par des ſignes vrays prouue vn ſi vray martyre,
Que certes Florimonde euſt eſté ſans pitié,
Demeurant inſenſible à ſa ferme amitié;
Ie m'en vais arreſter cét heureux mariage,
Qui ſous vn meſme joug, leurs deux ames engage;

CLEANTE.

Le Ciel ſoit fauorable à leur affection,
Et faſſe reüſſir voſtre commiſſion;

EVANDRE.

Quand deux cœurs ſõt d'acord, cher Cleante il me ſẽble,
Qu'il n'eſt pas mal-aisé de les vnir enſemble.

SCENE III.

CLEANTE. seul.

Homme le plus ingrat qui respire le iour,
  Indigne obiet de tant d'amour?
Cette rare beauté ne t'est plus importune;
Elle ne languit plus sous le ioug de tes Loix,
Vn autre a bien receu l'amour que tu deuois,
Moins à son iugement, qu'à ta bonne fortune:

A d'autres yeux qu'aux tiens, ses yeux ont esté chers,
  Et tous cœurs ne sont pas Rochers:
Vn autre est glorieux de ce que tu rejettes,
En toy seul elle treuue vn barbare meurtrier,
Et l'amour n'eut iamais vn rebelle si fier,
Comme il n'a iamais eu de si belles sujetes:

Tu n'es plus cét objet si doux à ses desirs,
  Tu ne causes plus ses soûpirs,
Vn iuste coup du Ciel change sa destinee,
Tu ne seras plus sourd à ces vœux superflus,

F iij

Elle a seiché ses pleurs, & tu ne verras plus,
Cette chaste Venus à tes pieds enchaisnee :

Attribuë, insolent, au pouuoir de ses traits,
La conqueste de ses attraits ;
Monstre par tout les fers d'vne esclaue si belle ;
Vante-toy, que ton cœur n'est qu'vn Rocher viuant,
Gouste ces faux plaisirs, repais-toy de ce vent,
Cependant qu'à ta honte vn autre jouyt d'elle :

Tandis que ton orgueil enrichit ton riual,
D'vn tresor qui n'a point d'egal,
Du prix d'vne beauté qui n'a point de seconde ;
Tu peux, sans estre vain, exalter ton pouuoir ;
Et dire, ils n'ont qu'vn bien que ie pouuois auoir,
Cette gloire est pour toy, mais ils ont Florimonde.

Il continuë.

Inutiles pensers, honteuses resueries,
Qui portez mon esprit à d'aueugles furies,
Quelle Loy vous dispense à troubler mon repos ?
Et qu'auancerez-vous contre vn ferme propos ?
Portez tristes pensers, vos conseils inutiles,
A ces cœurs abbatus, à ces ames seruiles,
Foibles joüets des vents, qui sans cesse agitez,
Entre mille desseins, n'en ont point d'arrestez.

Mais ô foible discours, qui flatte ma pensée,
Dans le nouueau tourment, dont mon ame est blessée;
Tu ne peux empescher l'étreinte de mes fers,
Et ne restablis point le repos que ie perds;
Vn captif orgueilleux se flate en son seruage,
Ie veux paroistre libre, alors que ie m'engage;
Vn orgueil raisonnable, à mon mal seroit joint,
S'il m'estoit moins sensible, en ne l'auoüant point.
Mais j'ayme ces charmeurs de tant de belles ames,
Ces yeux qui forcent tout, qui causent tant de flammes,
Mon sort est gouuerné par ces Astres d'amour,
Et ces jeunes Soleils me cousteront le iour.
Quelle nouuelle ardeur fait dans ce sein barbare,
D'vn si lasche mespris, vne amitie si rare;
Et me peint aujourd'huy, si doux, si plein d'appas,
Le mesme obiet qu'hier mes yeux ne souffroient pas?
Sa beauté me déplaist, quand elle m'est offerte,
Et j'en suis idolatre au moment de sa perte:
Est-ce que la raison m'a desillé les yeux,
Pour me faire estimer ce chef d'œuure des Cieux;
Pour bannir de mon cœur cette froideur extréme,
Et pour me faire enfin perdre la raison mesme?
Enfin, que resoudray-ie en cette extremité?
Mais que puis-ie resoudre estant sans liberté?
Soûmettons à ses Loix le cours de nos années,
Et suiuons sans dessein celuy des destinées;

Ou va seul & penſif ce glorieux Amant?
Rétraignons à ſes yeux vn feu ſi vehement.

SCENE IV.

CLEANTE. THEASTE.

CLEANTE.

ENfin elle eſt à vous ? ſon cœur eſt ſans deffenſe!
Et ce rebelle enfin eſt voſtre recompnſe ?
Il partage les feux dont vous eſtes épris ?
Le merite & l'amour toſt ou tard ont leur prix.

THEASTE.

L'amour ſans le merite a d'inutiles armes,
Et ce mal-heur produit le ſuiet de mes larmes ;
Mais riez de me voir en l'eſtat où ie ſuis,
Ioignez ce déplaiſir à mes autres ennuys.
Vn ſuperbe vainqueur, vn charmeur inſenſible,
En qui l'amour rencontre vn cœur inacceſſible ;
Qui rebute l'obiet, dont ie ſuis rebuté,
Merite qu'on luy ſouffre vn peu de vanité.

Cleante.

CLEANTE.

Elle sera bien-tost le butin de vos forces,
Quelle Dame en ces lieux éuite vos amorces;
Ne vous a-t'on pas veu signaler vos mespris,
Aux despens de Cleon, d'Orante, & de Cloris:

THEASTE.

Il vous est bien-aysé de railler de la sorte,
Mais soyez satisfait de ce qui vous importe;
Chacun rencontre assez dequoy s'entretenir,
En ses propres deffauts, s'il s'en veut souuenir:

CLEANTE. riant.

Quelque heureuse pourtant, que soit vostre memoire,
Vous ne treuuez en vous, que des suiets de gloire;
Seul vous estes l'obiet des plus ardens desirs,
Seul vous entretenez l'vsage des soûpirs:

THEASTE.

Vostre éloquence est rare;

CLEANTE.

Adieu, que cette belle,
Fasse durer long-temps vostre ardeur mutuelle,
Car si vous ne ioignez vos faueurs à vos coups,

Florimonde n'est plus, & nous la perdons tous,
Adieu, conseruez-là.

Il s'en va.

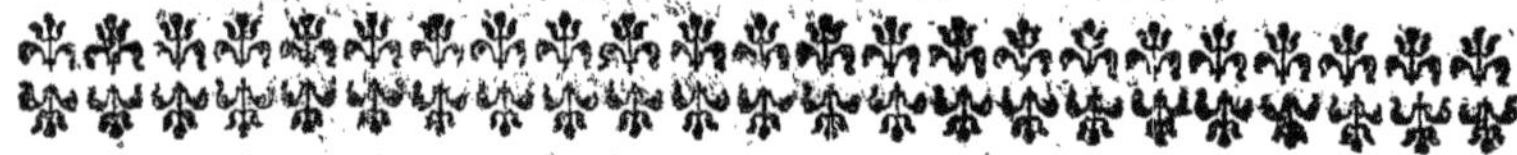

SCENE V.

THEASTE.

Dieux! de quelle impudence,
Par ce ris indiscret, ce superbe m'offence;
Et qui rend son mespris, & son auersion,
Si long-temps supportable à ma discretion?

THEASTE continuë, voyant Tyrsis passer le nez
dans son manteau, sans s'arrester.

Mais quel ieune Estranger, inconnu dans ces plaines,
Passe resuant & triste, aux bords de ces fontaines:
C'est ainsi qu'on m'a peint ce ieune audacieux,
Qui me rend si suspect, aux beautez de ces lieux;
Il faut suiure ses pas. Mais vn plus grand outrage
Contre cét autre encore anime mon courage;
Traistre, lâche ennemy des beaux feux que ie sents,
A ce coup fay raison à mes vœux innocens.

[Tyrsis men]
[aça]nt sõ
[e]spée.

SCENE VI.

EVANDRE. THEASTE.

EVANDRE sans s'émouuoir.

MAis toy, reprime vn peu cette insolente enuie,
Qui menace de mort, qui t'apporte la vie,
Rétrain d'vn nœuf plus fort, nostre longue amitié,
Et le genoüil en terre, implore ma pitié:

THEASTE.

Non, non, la fourbe est vaine, & de quelque artifice,
Que tu veilles, ingrat, differer ton supplice;
Tu cherches au besoin d'inutiles efforts,
Et ton esprit icy, ne peut sauuer ton corps:

EVANDRE.

Des iniures enfin, vous passez à l'outrage,
Assez d'occasions ont prouué mon courage;
Mais ce bras est lié par mon affection,
Qui m'oblige à souffrir vostre indiscretion:

G ij

En quoy voſtre valeur eſt-elle incomparable?
Quels ſi rares exploicts la rendent memorable :
Eſtes-vous de ces preux, dont on craignoit l'abord,
Et qui peuploient iadis les palais de la mort.
Eſtimez-vous mon cœur remply de tant de glaces,
Qu'il tremble, & qu'il s'effraye à ces fieres menaces?
Souuent ces vifs accez ſe changent en vapeur,
Et tel qui parle tant à ſa part de la peur.

THEASTE.

Traiſtre, par quelle humeur à mon repos contraire,
Me rendois-tu ſuſpect à ma belle aduerſaire?
Quel enuieux deſſein, quelle deſloyauté,
Te faiſoit conſpirer auec ſa cruauté :

EVANDRE.

Le Ciel, (ingrat Amy) connoiſt de quelle enuie,
Ie tâche à reſtablir le repos de ta vie;
Il eſt vray, qu'eſperant d'arreſter ton deſſein,
Et d'eſteindre le feu qui t'embraſe le ſein;
I'ay combattu long-temps, cette flamme naiſſante,
Et choqué tes deſirs d'vne force innocente;
Mais quand j'ay reconnu ton eſprit obſtiné,
Contre quelque mal-heur, qui luy fuſt deſtiné;
Cherir aueuglement, cette belle inhumaine,
I'ay ſouffert ton amour, j'ay partagé ta peine;

Et si bien trauaillé pour ton aduancement,
Mais te dois-ie annoncer cét heureux changement?

THEASTE.

Que peux-tu procurer au mal qui me tourmente,
Euandre, as-tu flechy cette insensible Amante?
Son cœur incline-t'il au dessein que ie veux;
Et l'as-tu disposee à receuoir mes vœux?

EVANDRE.

I'ayme, qu'vn orgueilleux parle de cette sorte,
I'ayme à voir reprimer l'ardeur qui le transporte;
Ne reclame que moy, pour ton soulagement,
Mais que ton repentir obtiendra seulement.

THEASTE   remettant son espée.

Pardonne (cher Euandre) vne aueugle manie;
Et donne vn peu de trefue à ma peine infinie;
Baiseray-ie tes pas, & veux-tu qu'à genoux,
I'entende le recit d'vn changement si doux?
Mais que l'espoir est faux dont mon amour se flate,
Et que j'espere en vain de toucher cette ingrate?

EVANDRE.

Florimonde est à toy, cette chaste Cypris,
Est sensible à tes maux, & prepare leur prix.

Le dessein d'éprouuer vne amitié si sainte,
A causé (cher Amy) la rigueur qu'elle a feinte ;
Mais quand elle a connu ces transports furieux,
Son cœur, qu'elle cachoit, s'est ouuert à mes yeux :
Dy-luy, (m'a t'elle dit,) que j'ayme son seruage,
Qu'vne iuste pitié desarme mon courage :
Et qu'il vienne ce soir entendre de ma voix,
Combien l'honneur m'est cher de viure sous ses Loix.
Charmé de ce discours, j'ay quité cette belle,
Pour venir t'annoncer cette heureuse nouuelle.

THEASTE. l'embrassant.

Euandre, cher Autheur d'vn bien si precieux,
Incomparable Amy, rare honneur de ces lieux,
Quelles soûmissions, & quelle obeyssance,
M'exempteront de blasme & de méconnoissance.
Partage également auec cette beauté,
Le droit qu'elle pretend dessus ma volonté,
Diuise auec ses yeux l'empire de mon ame ;
Mais courons, & voyons ces autheurs de ma flamme ;

SCENE VII.

CLEONIE. THEASTE. EVANDRE.

CLEONIE. l'arrestant.

Arreste vn peu Theaste; où s'adressent tes pas?
Ie n'ay rien entendu, simple, n'en rougy pas:

THEASTE feignant de chercher Tyrsis.

Où le puis-ie treuuer, quel aueugle caprice,
Le porte à me traiter auec tant d'iniustice?
Si vous m'aymez encore, vous deuez partager
L'affront que ie reçoy de ce ieune Estranger;
Courons ie l'ateindray, quelque effort que sa fuite,
Fasse pour le sauuer de ma longue poursuite.

CLEONIE.

O le plus traistre esprit qui soit en l'Vniuers!
L'Estranger que tu veux, t'attend les bras ouuerts,
Et ton cœur déguisé dessous ce front seuere,
Te cherche, plus bruslant d'amour, que de colere:
Que ie n'empesche point l'effect de tes desirs,

Cours, pousser en ses bras mille amoureux soufpirs,
Et vante insolemment le pouuoir de tes charmes,
Si ta perte m'afflige, & me couste des larmes;

THEASTE.

Le faut-il auoüer ? Vn autre objet que toy
Attire mes desirs, & possede ma foy:
Ce n'est pas ta beauté qui cause mon martyre,
Et ie te veux du bien assez pour te le dire;
C'est encore beaucoup, que ie t'ayme à ce point,
De te desabuser, & ne te ioüer point.

Il s'en va auec Euandre.

CLEONIE.

Serts, infidelle, serts, quelque obiet qui t'agrée,
Establly ton pouuoir sur toute la contrée,
Le regret de ta perte est vn mal si leger,
Qu'il ne faut ny discours, ny temps pour l'alleger;
D'vn si honteux regret mon ame est incapable,
Ie t'obligerois trop, te traitant en coupable;
Ie te puis oublier, si tu m'as pû trahir,
Et ie t'aymois trop peu, pour t'en pouuoir hayr.

Scene

SCENE VIII.

TYRSIS. CLEONIE.

TYRSIS la surprend.

VOus pensiez à Theaste;

CLEONIE.

Ouy, comme en un volage,
Qui de ses premiers fers pour mon bien se dégage:
Il rend à ma raison l'empire de mes sens,
Florimonde est l'obiet de ses desirs naissans,
Et vain imitateur d'un frere aussi perfide,
Auec sa trahison, croit faire un homicide:

TYRSIS.

Dieux ! oubliant en vous un obiet qui plaist tant,
Sur quoy peut s'excuser cét esprit inconstant ;
Depuis que les saisons ont esté diuisées,
Que le Ciel voit ourdir nos fatales fusées ;
Et qu'amour à du droit dessus la liberté,
Vn plus perfide Amant a-t'il veu la clarté ;

H

CLEONIE.

C'eſt vn volage eſprit ; mais enfin , quelle iniure,
Vous fait obſtinément meſpriſer ce pariure ;
Qui vous fait obſeruer ces reſpects ſuperflus ?
Dequoy l'accuſez-vous ? ne me le celez plus ?

TYRSIS.

Enfin, c'eſt trop long-temps prolonger voſtre attente,
La complaiſance icy , veut que ie vous contente ;
Maintenant que luy-meſme il m'offre la ſaiſon ,
Où ie dois de ſon ſang , lauer ſa trahiſon ;
Tandis qu'vn nœud commun vniſſoit vos deux ames,
Ie n'ay pû me reſoudre à ruiner vos flammes ;
I'éuitois ſon abord , j'en deſtournois mes pas ,
Et luy laiſſois le iour , pour ne vous l'oſter pas ;
Mais puis qu'à ſon mal-heur cét eſprit infidelle ,
Pour vn nonuel objet , ſent vne ardeur nouuelle ;
Rien ne peut plus ſauuer ce deſloyal Amant ,
Ny diuertir l'effet de mon reſſentiment.
Deux mots vous l'aprenant ; noſtre iniure, & ſon crime
Vous feront auoüer mon courroux legitime ?

CLEONIE.

Ie ſçay bien qu'il eſt traiſtre , & ſans comparaiſon ,

TYRSIS.

Lyon eſt mon pays , & Tyrſis eſt mon nom ;
En ce lieu, mes parens , chargez d'ans & de gloire,
Ont laiſſé de leur vie vne heureuſe memoire ;
Et des biens ſuffiſans d'ayder vn ſucceſſeur,
A qui le Ciel par eux n'a donné qu'vne ſœur :
Felicie eſt ſon nom , & cette ieune fille,
Eſt la gloire , & l'amour de toute ſa famille ;
Son viſage eſt pourueu d'aſſez doux ornemens,
Et ſi j'oze le dire, elle a fait des Amants ;
Mais elle a refuſé deux ans vne franchiſe,
A des eſprits conſtans , qu'vn infidelle a priſe.
Sejournant à Lyon , Theaſte vint la voir,
Vn de ſes alliez nous le fiſt receuoir ;
Elle plût à ſes yeux , en eut mille viſites,
Et ſe ſentit portée à cherir ſes merites ;
Le temps accreut enfin leurs naiſſantes ardeurs,
Ils bannirent d'entre eux , & ſoupçons, & froideurs.
Ils offrirent leurs bras à des chaiſnes communes ,
Et voulurent vnir leurs iours , & leurs fortunes ;
Ma ſœur m'ayant forcé d'approuuer ſon amour,
Eſloigna mille Amants qui luy faiſoient la cour ;
Et reſpondit aux vœux de ce cœur infidelle,
Qui feignoit laſchement , s'il ne bruſloit pour elle ;
Il preſſa cét hymen , & nous de noſtre part,

Esperant son retour, pressasmes son départ;
Il alloit (disoit-il), solliciter son pere,
De son consentement pour cette heureuse affaire;
Mais son frere, qui vint tost apres, nous apprit,
Le refroidissement de ce volage esprit.
Nous dit qu'vn autre obiet occupoit sa pensée,
Et que par d'autres yeux son ame estoit blessée;
Iugez de nostre affront, enfin ce Messager,
S'offrit à son deffaut, nous croyant obliger;
Mais ma sœur, conseruant vne iuste colere,
Resolut de hayr, & l'vn & l'autre frere,
Et traita le dernier auec tant de mespris,
Qu'il esteignit les feux dont il estoit épris.
I'ay long temps essayé d'oublier cette iniure,
Et le iuste dessein de perdre le pariure;
Mais inutilement, l'honneur & la raison,
M'ont rendu trop sensible à cette trahison:
Et ie suis en forets pour punir ce perfide,
Sur qui si lâchement l'inconstance preside.

CLEONIE.

Ô Dieux! que dites-vous?

TYRSIS.

Qui vous afflige tant?

CLEONIE.

Thymante son aisné, ce vain, cét inconstant,
En moy, deuant ce temps a treuué quelques charmes,
Et me nommoit alors le sujet de ses larmes;
Ie l'aymois, (ie l'auoüe) & mon seul desespoir,
M'a fait souffrir son frere, afin de l'émouuoir;
Quand ie vis refroidir son ardeur violente :
Et tous les deux enfin ont trompé mon attente;

TYRSIS.

Madame, de tous deux ce bras vous peut vanger,
Et la douleur décroit, se pouuant partager;
Souffrez que ie le cherche, & dessus mon courage,
Reposez-vous du soin de punir cét outrage;
Il ne vantera plus, sa force, & vostre amour,
Et demain, s'il n'est mort, j'auray perdu le iour.

ACTE IV.

SCENE I.

CLEANTE. seul.

Enfin cede Cleante à d'inuincibles charmes,
Renonce à ta raison, mets bas ses vaines
    armes;
Et les chaisnes aux mains, & les genoux à bas,
Prie ce mesme objet, que tu n'y souffrois pas;
Honte, confusion, inutile pensée,
Importun souuenir de ma gloire passée;
Presomption, mespris, constance, vanité,
Que mon esprit vous perde auec sa liberté.
Laissez-moy le dessein d'adorer Florimonde,
Et faire qu'à mes vœux sa belle ame responde;
Portez enfin mes bras, les fers qu'elle a portez,
Vous estes des ingrats, si vous ne l'imitez;

Cœur, source de ses pleurs, & de mon iniustice,
Conseruant ta froideur, tu conserues vn vice;
Et pouuant t'exempter de l'aymer à ton tour,
Tu nourris vn mespris, plus aueugle qu'amour.
Vien donc, chaste beauté, si chere à ma memoire,
Seul espoir de mes vœux, seul comble de ma gloire,
Adresse icy tes pas; vien Deesse en ces lieux,
Voir respandre des pleurs, à ces superbes yeux;
Voir les fers que tu veux, dessus ces mains captiues,
Me voir baiser tes pas, imprimez sur ces riues;
Voir de ma vanité triompher ta vertu,
Et ce barbare orgueil à tes pieds abbatu;
Vien voir ce cœur ingrat souffrir sans recompense,
Et qui fut tout espoir, t'aymer sans esperance;
Si ma foiblesse enfin succombe à mes douleurs,
Ie mourray satisfait, j'auray payé tes pleurs,
Ta pitié pour le moins, plaindra mon aduanture,
Tu feras quelques vœux dessus ma sepulture;
Et diras, (te loüant du pouuoir de tes traits,)
Voila dans le tombeau, qui m'en a mis si pres;
Ce marbre tient enclos, sans vigueur, & sans vie,
Cleante, cét ingrat, qui me l'auoit rauie;
Mais ie voy cette belle; auançons dans ce bois,
D'où sans estre apperceu ie puisse ouyr sa voix.

Il se ca-
che dans
le bois.

SCENE II.

FLORIMONDE. CLEONIE.

CLEONIE.

DOnc, *Theaste est à vous, & cét esprit volage,*
De ses premiers vainqueurs, laschement se
dégage;

FLORIMONDE.

I'ay sans aucun dessein engagé ses esprits,
Mais ie veux co.seruer enfin ce que j'ay pris.

CLEONIE. *riant.*

Vsurpant dessus moy cét empire, Madame,
Vous deuiez m'enuoyer ou le fer, ou la flamme;

FLORIMONDE.

Le fer est le recours des esprits insensez,
Pour la flamme, l'aymant, vous en auez assez;

Cleonie

CLEONIE.

Voyez combien de pleurs tefmoignent mon martyre,
Quelles plaintes ie faits, & comme ie foûpire:

FLORIMONDE.

Les foûpirs, les regrets, les plaintes, & les pleurs,
Ne font que les effects des communes douleurs?

CLEONIE.

Au moins ne doutant point du mal qui me tourmente,
Que ne confoliez-vous fa mal-heureufe Amante;

FLORIMONDE.

C'eft que ie n'ay pas creu, que voftre affliction,
Fuft capable fi-toft de confolation.

CLEONIE. en riant.

Aymez chere compagne, aymez cette infidelle,
Refpondez conftamment à fon ardeur nouuelle;
Ie ne troubleray point voftre contentement,
Et ie voy fans regret vn fi doux changement.
Ie ne reffentois point vne amitié fi forte,
Que ce mal-heur ayt pû m'affliger de la forte;
Que fa perte m'oblige à ces triftes propos,
Et me doiue coufter celle de mon repos.

I

Mon espoir n'est point faux, & j'estois preste à rendre,
Le droit que sur son cœur Theaste m'a fait prendre ;
Ie l'eus sans insolence, & le perds sans ennuy,
Comme vn present du sort aueugle comme luy ;
Ie preuoyois sa perte, & j'appris de son frere,
A ne me rendre pas son amour necessaire ;
Thimante m'a seruie :

FLORIMONDE.

O Dieux.

CLEONIE.

                Mais vn instant ;
Et ie ne tenois pas Theaste plus constant.

FLORIMONDE.

Pour moy, qui sous les Loix d'vn tyrannique Empire,
Ay plaint si vainement vn si honteux martyre ;
Ce changement du sort, qui finit mes douleurs,
Qui modere mes feux, & qui tarit mes pleurs ;
Par qui ie ne voy plus qu'vn insolent me braue,
Qui m'oste ce tyran, & me donne vn esclaue ;
Cét heureux changement me fait treuuer si doux,
L'honneur de voir languir Theaste à mes genoux ;
Que vaine de me voir sous ses Loix asseruie,
I'estime également mon seruage, & ma vie ;

Et rougis tous les iours des maux que j'ay soufferts,
Pour ce presomptueux qui méprisoit mes fers :

SCENE III.

CLEANTE. FLORIMONDE. CLEONIE.

CLEANTE. *retenant Florimonde.*

*C*E discours est pour moy;

FLORIMONDE. *s'en voulant aller.*

L'on m'attend chez mon pere,

CLEANTE.

Quoy tant d'amour, auec tant de colere,
Au moins, pour obtenir l'honneur de vous parler,
Que ie vous accompagne, ou vous voulez aller;

FLORIMONDE. *taschant à se tirer de ses mains.*

Importun, laissez-moy.

CLEANTE.   la tenant.

        L'agreable careſſe;

FLORIMONDE.

Pourquoy m'arreſtez-vous, adieu, l'heure me preſſe;

CLEANTE.

M'ayant pour m'exprimer voſtre amoureux ſoucy,
Arreſté ſi ſouuent, me traitez-vous ainſi;

FLORIMONDE.

Le mal eſt bien cruel qui n'a iamais de ceſſe,
Et ce qui fut n'eſt plus; paſſez, oy ie vous laiſſe;

CLEANTE.

Quoy? vous auez vn cœur capable de changer?
Et l'inconſtant qu'il eſt me vouloit engager?

FLORIMONDE.

Ou iuſtement, ou non, il me plaiſt de le faire,
Et ie renonce enfin au deſſein de vous plaire;

CLEANTE.

Mais ſi i'eſtois ſenſible à voſtre affection,
Et que i'euſſe caché mon inclination?

FLORIMONDE.

S'agiſſant du repos , c'eſt mal fait que de feindre ,
Et tel ſe rit d'amour , qui peut apres s'en plaindre ;

CLEANTE.

Si deteſtant enfin mes iniuſtes meſpris,
Vn iuſte repentir , engageoit mes eſprits ;

FLORIMONDE.

Ie verrois de bon œil voſtre attente trompée,
Apres l'occaſion qui vous eſt échappée ;

CLEANTE.

Peut-eſtre que mes pleurs obtiendroient mon pardon?
Et que voſtre pitié m'accorderoit ce don ?

FLORIMONDE.

Vos pleurs pourroient plutoſt échauffer de la glace,
Vous reuenez trop tard , vn autre a pris la place.

CLEONIE.

O Dieux ! quel changement.

CLEANTE. à genoux.

Adorable beauté,

Serf, & charmant obiet de ma fidelité;
Ce rigoureux mespris m'est vn iuste supplice,
Ie ne murmure point contre vostre iustice;
Et viens plus asseuré des peines, que du prix,
Liurer vn criminel aux beaux yeux qui l'ont pris.
Punissez, Florimonde, vn ingrat, vn barbare,
Qui refusoit l'honneur d'vne amitié si rare;
A qui le Ciel, touché de vos longues douleurs,
Auec vsure enfin fait payer vos mal-heurs;
L'amour a treuué place en cette ame inhumaine,
Et ma confusion est ma premiere peine;
Ce fier, ce dédaigneux, cét ennemy d'amour,
Ayme plus que mortel, qui respire le iour;
Ie doute de quel trait est mon ame blessée,
Et quel aueuglement occupoit ma pensée;
Quel destin est le mien, qu'vne heure, qu'vn moment,
Ayt fait de ma froideur vn sensible tourment;

FLORIMONDE.

O Dieux! qu'vn doux effet succede à mon enuie,
Si dessous mes desirs vostre ame est asseruie;
Et que ie vais punir d'vn mespris rigoureux,
Cét inuincible esprit, ce cœur si genereux;
Quoy ce ferme propos de mespriser mes flammes,
Ce refus orgueilleux des libertez des ames;

Ce dédain qui rendit tant de vœux superflus,
Et cette indifference, enfin ne dure plus?

CLEANTE.

I'ignore ayant paru si long-temps indomptable,
Comment ie puis sentir vn trait si redoutable;
La Loy de mon mal-heur m'ordonnoit ces mespris,
Ny prieres, ny vœux, ne touchoient mes esprits;
Et ce cœur insensible, en sa froideur extréme,
Auroit veu sans pitié, soûpirer l'amour mesme;
Mais que deux iours ont fait vn triste changement,
Que de clarté succede à cét aueuglement;
Qu'vn different estat, déçoit mon esperance,
Et que de passion suit cette indifference;
Ie iure à vos genoux, l'agreable clarté,
De ces charmans autheurs de ma captiuité;
Que tous les traits d'amour ont mon ame blessee,
Que vostre seul objet occupe ma pensée;
Que ie sçay seul aymer, & que tous les Amants,
Ont à comparaison souffert de doux tourments;

FLORIMONDE.

Et moy, pour ce tyran de mes ieunes années,
Sous qui ie vois enfin mes peines terminées;
Ie iure de vous voir auec tant de desdain,
Que ie puis croire seule vn mespris si soudain;

Ie iure de fermer, & l'oreille, & la bouche,
A tous vos interests, à tout ce qui vous touche;
Adieu, ne doutez point du dessein que ie faits,
Et pour vostre repos, ne me voyez iamais.

Elle s'en va auec Cleonie.

SCENE IV.

CLEANTE. seul & tout saisi.

IE ne puis accuser cette belle inhumaine,
Vn mespris raisonnable a fait cesser sa peine;
Et moy-mesme insensible à ses chastes appas,
Ie l'ay mise en ce point, ou ie ne la veux pas:
Vn mal-heur si sensible est conjoint à mon crime,
Que ie me suis rendu la plainte illegitime;
Que la raison preside à l'arrest de ma mort,
Que ie reçoy iustice, & me plaindrois à tort:
Au moins, en ce mal-heur, vne iniuste vengeance,
D'vn iuste chastiment, sera mon allegeance;
Theaste, quelle estime, & qui vit sous sa Loy,
Cét heureux possesseur du bien qui fut à moy;
Doit au prix de ma vie acquerir sa maistresse,
Et seruira d'obiet au courroux qui me presse;

SCENE

SCENE V.

TYRSIS. CLEANTE.

TYRSIS.

IE deffendray son droit, & mon affection,
S'offre à iustifier sa plus noire action ;

CLEANTE.

Son mal heur, non le tien, l'exposent à ma haine,
Adieu, sois satisfait, si ta raison est saine ;

TYRSIS.

Luy nuire & m'offencer n'est qu'vn mesme dessein,
Ne delibere plus, si ton courage est sain ;

CLEANTE.

Laisse à qui m'a fasché reparer son offence,
Et que pour soy, chacun embrasse sa deffence ;

TYRSIS.

Lors qu'à ces actions on est sollicité,

K

Chercher tant de raisons est vne lascheté ;
Quel sujet plus pressant peut aigrir ton courage,
Theaste est honneste homme, & qui le hayt m'outrage;
Theaste est de ces lieux, & la gloire, & l'amour,
Et qui ne l'ayme pas est indigne du iour;

CLEANTE.

Enfin ce bras sensible, à cette violence,
Punira son orgueil, moins que ton insolence;
D'autres occasions ont jadis exercez,
Cette lame, & ce bras fatal aux insensez;
Voy couper de ce coup la chaisne qui vous lie,
Et reçoy le loyer digne de ta folie;

Ils se battent.

SCENE VI.

THEASTE. TYRSIS. CLEANTE.

THEASTE. l'espée à la main pour les separer.

Q Vel spectacle d'horreur se presente à mes yeux ?
Approchons, separons ces esprits furieux;
Arrestez;

TYRSIS.

Le voila cét esprit infidelle,
Pren ta deffence, ingrat, & souftien ta querelle;

Elle dit tout bas.

Ton plus grand ennemy t'a daigné secourir,
Mais ie t'ay deffendu, pour te faire perir;
Car ma perte fatale auroit suiuy la tienne,
Si la main de Cleante eut preuenu la mienne;

CLEANTE. à Theafte.

C'eft trop deliberer.

THEASTE.

O Dieux que vois-ie icy?

CLEANTE.

Deux mets termineront ta doute, & ton soucy;
Ma raifon, fi long-temps d'amour folicitée,
Se rend à la beauté qu'elle a tant rebutée;
Mais Madame à fon tour a refusé ma foy,
Et fon esprit changé n'a des vœux que pour toy;
Senfible à ces mefpris, ie parlois en ces plaines,
Du deffein de finir, & ta vie, & mes peines;
Quand ce ieune inconnu, vain & debile appuy,

M'a dit que t'attaquer , est s'attaquer à luy ;
Il deffendoit ta cause , & ta seule venuë ,
A son ame insensée , en son corps retenuë ;
Donnons , & sans chercher de discours superflus ,
Deffaits-toy de Cleante , où Theaste n'est plus ;

THEASTE.

Pour la possession de cét objet aymable ,
Ie ne refuse point ce combat honnorable ;
La peur ne peut loger qu'au sein de tes pareils ,
Et voicy de ta mort les tristes appareils ;
Ne deliberons point , & reçoy le salaire ,
Que demande à ce bras , ton aueugle colere ;

SCENE VII.

EVANDRE. THEASTE. CLEANTE.

EVANDRE.　courant les separer.

DIeux ! qu'vn heureux destin m'a conduit en
　　ces lieux !
Courons les separer.

CLEANTE.

O sort iniurieux,
Que ton soin m'est contraire, & combien ton enuie,
S'obstine aueuglement à conseruer ma vie;

THEASTE.

Ha souffre cher Amy.

EVANDRE.

Non ces efforts sont vains;

THEASTE.

Que ta crainte m'outrage:

CLEANTE.

O destins inhumains:
Traistre, diuertissant son trespas équitable,
L'innocent perira pour sauuer le coupable;
Importun, laisse-nous:

EVANDRE.

Attaque-moy cruel,
Et ma vie acheuée, acheue ce duel;
Mais tandis que ce corps possedera son ame,
I'opposeray mes soins à l'ardeur qui t'enflamme;

C L E A N T E.

Iniurieux Amy qui me viens secourir,
Quand mon secours dépend du dessein de mourir;
Consents à ce combat, ton importune peine,
Ne fait que differer son issue incertaine,
Et tes soins, tost ou tard, ne diuertiront pas,
Mon mal-heur ou le sien, sa perte, ou mon trépas.

T H E A S T E.

En ces empeschemens tel qui tremble s'obstine,

C L E A N T E.　revenant aux mains.

Traistre, ce dernier mot auance ta ruine,
Et ny soins, ny respect ne diuertiront plus;

E V A N D R E.

Reprime (cher Amy) ces efforts superflus;
Ou qu'auant ce combat, sur moy ce fer essaye,
S'il sçait faire au besoin vne mortelle playe;
Frappe, tu tardes trop:

C L E A N T E.

　　　　　　　Adieu, l'arrest du sort
Veut prolonger ma peine, en differant sa mort;
Mais ie perdray le iour, plutost que la colere,

Qui doit faire ceſſer ſa vie, & ma miſere,
Plutoſt que ie renonce au ſoin de me vanger;

SCENE VIII.

THEASTE, EVANDRE.

THEASTE.

TEl qui ſe vante tant, a bien part au danger;
Tout ne ſuccede pas à ces ames hautaines,
Et le Ciel rend ſouuent ces entrepriſes vaines:

EVANDRE.

Quelle iniure a cauſé ce combat hazardeux,
Quel ſujet ſi puiſſant vous animoit tous deux;

THEASTE.

Deux mots te l'apprendront, il ayme Florimonde;

EVANDRE.

O Dieux que me dis-tu?

THEASTE.

               D'vne amour sans seconde:
Et la rage de voir que ie vis sous ses Lois,
Portoit ce furieux au dessein que tu vois.

EVANDRE.

O merueilleux effet d'amour , & de iustice!
Qui de tant de mespris ordonnent le supplice;
Et qu'on reconnoist bien en sa punition ,
Qu'vn aueugle peut faire vne iuste action.
Elle rit de ses vœux?

THEASTE.

               Le chasse , le mesprise,
Et paroist (cher Amy) si vaine de ma prise;
Qu'il n'est bon-heur egal à ma felicité,
Ny seruage si doux , que ma captiuité ;
En vn mot cette amour , m'excite cette haine,
Ce riual me cherchoit au long de cette plaine;
Et parlant du dessein qu'il a de m'outrager,
A treuué sur ses pas vn certain Estranger;
Qui l'oyant discourir , auec trop d'insolence,
Auant mon arriuée , embrassoit ma deffence;

                         Euandre.

EVANDRE.

Quel est cét Estranger?

THEASTE.

Son nom m'est inconnu;
Il s'est soustrait d'icy, quand j'y suis suruenu:
Ie ne l'ay veu qu'à peine, & ie brusle d'enuie,
De voir à qui ie dois, tant de soin de ma vie:
Vn autre, (tout de mesme) inconnu dans ces lieux,
M'offence, m'a-ton dit, de mots iniurieux;
Et ie doute quel soin me presse dauantage,
De voir celuy qui m'ayme, ou celuy qui m'outrage;
Cherchons-les de ce pas; I'ay le prix de tous deux,
Pour le dernier des coups, & pour l'autre des vœux.

ACTE V.

SCENE I.

FLORIMONDE. CLEANTE.

CLEANTE.

INsensible sujet du tourment qui me presse,
D'vn seuere mespris, seuere vangeresse ;
Qui du mal que j'ay fait, faites mon chasti-
ment,
Et qui pour me punir, m'imitez seulement ;
Forcez, reconnoissant ma peine, & mon seruage,
D'vne extreme bonté, cét extreme courage ;
Ie n'excuseray point ces mespris insolens,
Dont j'ay moy-mesme éteint des feux si violens.
Ie ne murmure point, ma peine est legitime,

Et mon supplice encore est moindre que mon crime;
Mais que n'obtiennent pas des soûpirs si pressans,
Que ne peuuent toucher les ennuys que ie sents;
Et qu'est-ce que forçant les plus iustes deffenses,
Ne font sur vn grand cœur de grandes repentances;
Ie me sents consommé des feux que i'ay nourris,
Mes pleurs ne coulent plus, & mes yeux sont taris;
A peine en ma douleur qui n'a point de seconde,
Puis-ie que proferer le nom de Florimonde;
Ce beau nom est tout seul l'entretien de ma voix,
Ces bois & ces rochers l'ont ouy mille fois;
Ils m'ont veu soûpirer, & s'ils le pouuoient dire,
Ils rendroient vostre cœur sensible à mon martyre;

FLORIMONDE.

Me suiurez-vous long-tẽps? quel est ce vain tourmẽt?
Quoy l'amour peut sur vous regner si lâchement:
N'estes-vous pas, Monsieur, cét obiet insensible,
Ce cœur indifferent, de glace, inaccessible,
Indigne de nos vœux, qui n'a rien merité,
Et qui n'a rien de cher apres sa liberté;
Ingrat, ainsi le Ciel a changé ma fortune,
Ainsi ie dois respondre à ta plainte importune;
En vain tu pretendrois vn plus doux traitement,
Adieu, pleure, languy, soûpire librement:

L ij

CLEANTE.   à genoux l'arreſtant.

Par ces yeux que j'adore, ouurez belle meurtriere,
Encore vn ſeul moment l'oreille à ma priere :
Ie ſuis donc vn coupable indigne de pardon,
Et tant de criminels ont obtenu ce don ;
Vn obſtiné meſpris, vne inſolente audace,
Et la trahiſon meſme a par fois eu ſa grace ;
Ne portez point cruelle aux extrémes effects,
Le plus humble captif, que vous euſtes iamais :
Ma mort vous déplaira, quand vous l'aurez ſoufferte,
Qui m'aura meſpriſé regretera ma perte ;
Et tels à qui les pleurs ont fait de vains efforts,
Ont bien eſté pleurez, quand on les a creus morts ;

FLORIMONDE.

Voyez comme l'amour apprend de belles choſes,
Vous auez leu cela dans les metamorphoſes ;
Mais ce ſiecle n'eſt plus :

CLEANTE.

                         Riez de mes amours,
Combattez mes propos, par vos propres diſcours ;
Par les ris que j'ay faits, mocquez-vous de mes larmes,
Imitez ma froideur, vangez-vous de mes armes ;
Ie ſouffre ſans reproche, & ne murmure point,

Si voſtre auerſion adiouſte encore vn point;
Si me voulant souſtraire à voſtre humeur farouche,
I'en ay l'arreſt au moins, par cette belle bouche;
Ie haïray les iours, que vous auez haïs,
Et mourray ſans regret, ſi ie vous obeys.

FLORIMONDE.

Vôila de nos tranſis, les plaintes ordinaires,
Ils reclament touſiours ces morts imaginaires;
Ne m'ayant pas touſiours adreſſé ces propos,
Le temps peut reſtablir encore voſtre repos :
Viuons indifferens, & mettez plus de peine,
A chaſſer voſtre amour, qu'à combattre ma haine;

CLEANTE.

Pour ſouffrir cette haine, & perdre mon amour,
Il faut cruelle, il faut que ie perde le iour;
Donc n'atten point Cleante, vne ſaiſon meilleure,
Commence mal-heureux à mourir de bonne heure;
N'offre plus à ce corps le fatal aliment,
Qui le faiſant durer, fait durer ſon tourment :
Ingrat, treuue de pleurs vne nouuelle ſource,
Que ton ame ſe noye, & ſe perde en leur courſe;
Repare criminel, ta faute, aux yeux de tous,
Arrache tes cheueux, meurtry ton ſein de coups;
Priue tes yeux ingrats du bien de la lumiere,

Que de ce lâche cœur ta main soit meurtriere;
Oublie pour mourir auec moins de plaisir,
Que Madame y consent, & que c'est son desir.

FLORIMONDE. pleurant.

Dieux ! que le repentir à d'inuincibles charmes,
Mais il me voit pleurer ; cessez honteuses larmes;

CLEANTE.

Ha ! c'est trop consulter, & puis qu'il faut perir,
Ne tarde plus Cleante, il est temps de mourir :
Adieu ;

FLORIMONDE.

Non non, viuez, ie suis trop genereuse,
Pour punir de la sorte vne faute amoureuse;
Ie me contenteray d'vn supplice plus doux,
Et vostre esloignement satisfait mon courroux;
Esteignez seulement cette importune flamme,
Puisque Theaste enfin est maistre de mon ame;
Puisque nous sommes joints par vn mesme lien;
Le voila, prenez part en ce doux entretien.

SCENE II.

THEASTE. FLORIMONDE. CLEANTE.

FLORIMONDE.   allant embraſſer Theaſte.

AGreable ſujet de mon ardeur naiſſante,
Combien tu fais languir mon amoureuſe atente:

THEASTE.   la baiſant.

Ie vous cherche par tout, depuis vne heure, ou plus,

CLEANTE.

O de leur paſſion, ſignes trop ſuperflus,
Ie ſouffre ce riual ? cette belle farouche,
D'ayſe laiſſe égarer ſon ame ſur ſa bouche,
Et mon bras engourdy languit ſans mouuement?

FLORIMONDE.   l'ayant baiſé.

T'ay-ie pas bien puny de ce retardement?

THEASTE.

A quoy puis-ie égaler ces faueurs immortelles?

Et quels seront les prix , si les peines sont telles.

CLEANTE.

Traistre , sois satisfait du prix de tes amours,
Et n'en espere plus qu'aux despens de mes iours ;
Mon respect cede enfin à l'ardeur qui m'enflamme,
I'irois t'assassiner dans les bras de Madame ;
Tout obstacle forcé , j'irois aueuglement,
Y terminer ta vie , & ton contentement :

THEASTE.

Tu m'affligerois fort.

CLEANTE.

Ny la Terre , ny l'Onde ,
Ne diuertiroient pas ma fureur sans seconde ;
Le Ciel voudroit en vain détourner ton trépas ;
Tu ris lasche ?

THEASTE.

Ie ris , & qui ne riroit pas ?
Quel de ces pretendans qu'eut iadis Angelique,
Parut si furieux , si vain , si frenetique ;
Tu ne m'attaques point sans ta part du danger,
Et tu peux Rodomont , rencontrer ton Roger.

FLORIMONDE.

FLORIMONDE. à Cleante.

Dieux quel astre conduit ma fortune amoureuse,
Qu'aymant, & n'aymant plus, ie sois si mal-heureuse?
Que chacun à son gré dispose de ses vœux,
Aymez ce qui vous plaist, & moy ce que ie veux.
Cleante, où songez-vous?

THEASTE.

                    Contentez son enuie;
Ie suis prest à l'effort, où son bras me conuie,
Ce fer est necessaire à son allegement,
Et vous deliurera d'vn importun Amant.

CLEANTE.   luy portant vn coup.

Ha traistre,

FLORIMONDE.   le retenant.

Quoy Cleante? ô Dieux? quelle insolence,
Vous fait à mes yeux mesme enfraindre ma deffence;
M'aymez-vous en effet?

CLEANTE.

                    O discours superflus)
Et plus vrais, qu'il n'est vray, que vous ne m'aymez
Helas, ouy ie vous ayme, aymable Florimonde, (plus;
                              M

FLORIMONDE

Et comme vos beautez, ma peine est sans seconde.

FLORIMONDE.

Mais si vous m'aymez tant, deuez-vous refuser,
Quelque seuere Loy qu'on vous puisse imposer;
Et receurez-vous pas vn arrest de ma bouche,
Si j'ay droit d'ordonner de tout ce qui vous touche;

CLEANTE.

I'ay tremblé mille fois à vostre seul aspect,
Mais perdant tout espoir, j'ay perdu tout respect;
Et mon mal infiny treuue quelque remede,
A ne pas endurer qu'vn autre vous possede;

FLORIMONDE.

Quoy vostre obeyssance a des termes prescrits,

CLEANTE.

Le desespoir, Madame, aueugle les esprits;

FLORIMONDE.

Forcez ces mouuemens de colere, & de rage,
Et dessous mes desirs rangez vostre courage;
Qu'vn peu de retenuë à vostre amour soit joint,
Et croyez seulement que ie ne vous hay point.
Tous deux, si mon pouuoir de vos ames dispose,

Promettez d'obseruer quelque Loy que i'impose ;
Theaste, comme luy, ne consentez-vous pas,
Qu'vn arrest de ma voix finisse vos debats :

THEASTE.

Libre de tous soupçons, exempt de défiance,
I'attends ce doux arrest auec impatience ;
Resolu d'obeyr aux plus seueres Loix,
S'il m'en pouuoit venir, de cette belle voix.

FLORIMONDE.

Et vous, quoy que i'ordonne enfin à vostre offence,
Ne promettez-vous pas d'accomplir ma sentence ;

CLEANTE. ayant long-temps resué.

Ouy, ie dois receuoir cét arrest inhumain,
Qui m'a lié le cœur, me peut lier la main ;
Ne differez donc plus quelque Loy qui m'importe,
Quelque soit mon tourment, mon amour est plus forte ;
Ce cœur desesperé ne se reuolte plus,
Et se soûmet enfin à souffrir vos refus.

FLORIMONDE. au milieu d'eux.

Ne reuoquez donc point cét arrest équitable,
Que vous rend par ma voix vn tyran redoutable ;

M ij

I'ay bruflé pour Cleante, & les Dieux font tefmoins,
Combien il m'a coufté de foucis & de foins ;
Sur ce teint languiffant mes douleurs eftoient peintes,
Et i'ay treuué fon cœur infenfible à mes plaintes ;
Sur ce cœur orgueilleux i'ay fait par mes foûpirs,
Moins que fur vn Rocher, l'haleine des Zephirs ;
Enfin, long-temps apres, laffé de tant de peines,
I'ay fecoüe le ioug de fes Loix inhumaines ;
I'ay dégagé mon cœur de fes charmans appas,
Et i'ay repris enfin ce qu'il ne vouloit pas ;
Theafte plus fenfible a bruflé de ma flamme,
Il foûmet à mes Loix l'empire de fon ame ;
Et par tant de foûpirs prouue fa paffion,
Que ie dois vn loyer à fon affection ;
Par les diuines Loix d'amour, & de iuftice,
Ie dois à l'vn le prix, à l'autre le fupplice :
Donc, puis qu'au chaftiment Cleante eft difposé,
I'ordonne qu'il prendra ce qu'il a refusé ;
Ce corps, qui fi long-temps fut l'obiet de fa haine,
Toufiours à fes coftez, luy feruira de peine ;
Le Ciel luy deftinoit vn obiet plus charmant,
Mais ma poffeffion fera fon chaftiment ;

CLEANTE.

Saifi d'étonnement, furpris, l'ame égarée,
En ce comble parfait de ioye inefperée ;

Pareil aux criminels qu'on sauue du trépas,
Par vne grace iniuste, & qu'ils n'attendoient pas;
Tel ie me vois confus à l'arrest de ma vie,
Au point que i'attendois qu'elle me fust rauie;

THEASTE.

Ne iuge point si-tost contre mon interest,
Madame s'est mesprise, en ce fatal arrest,
Et ces charmans regards que son bel œil m'enuoye,
M'asseurent sa conqueste, & condamnent ta joye;
Madame, iugez-nous en termes plus exprés,
Et m'ordonnez enfin, le myrthe, ou le cyprés;

FLORIMONDE.

Pour toy qui m'as aymee, & qui m'aymes encore,
Iuge par cét arrest à quel point ie t'honore;
T'aymant comme ie faits, pour ton bien ie te perds,
Ie te rends ta franchise, & ie brise tes fers;
Entretenir tes feux seroit trop d'iniustice,
Ton repos m'est trop cher, pour que ie le rauisse,
Adieu, sçaches-moy gré de ce bien sans égal,
Et voy de quel mal-heur s'afflige ton riual;

THEASTE.

Tu ris de mes tourmens; lasche, aueugle, traistresse,
Barbare, indigne objet de l'ardeur qui me presse;

Quel respect me deffend d'assouuir mon courroux?
Et d'immoler ta vie à mon esprit jaloux;
Est-ce de ce loyer, esprit plain d'artifices,
Que ta fidelité reconnoist mes seruices?

FLORIMONDE.

Quoy vous pretendiez donc, que cét heureux arrest
Fust tel qu'il vous deust plaire, & non tel qu'il me plaist;
D'où releuent mes iours, sous quel droit suis-ie née?
Par quelle Loy du sort vous suis-ie destinée?
Quelle fatalité me fait deuoir mes vœux,
A qui me veut, plutost qu'à celuy que ie veux?
Esperez-vous mon cœur pour prix de vostre audace:
Et que ie donne plus, à qui plus me menace?
Ayant sçeu le premier ce que i'ay proposé,
De ne considerer quoy que i'eusse causé;
Mais de punir quelqu'vn de l'offence d'vn autre,
Vostre mal-heur est moins mon desir, que le vostre;
I'auois en menaçant dessein d'executer,
Et tout homme prudent l'auroit deu redouter;

SCENE III.

CLEONIE. THEASTE. FLORIMONDE. CLEANTE.

FLORIMONDE.   continuë voyant Cleonie.

Cleonie a receu vos premiers sacrifices,
Elle fut autrefois voſtre ame, & vos delices;
Qu'elle la ſoit encore, & que le repentir,
A vos vœux renaiſſans la faſſe conſentir;
La voila, voulez-vous que ma priere meſme,
Ayde à vous r'approcher, car ie ſçay qu'elle m'ayme;

CLEONIE.

Quoy Theaſte, tout rit, ſinon vous ſeulement!
Quel accident eſtrange a fait ce changement?

THEASTE.

Plûſt au Ciel, qui touſiours s'oppoſe à mon enuie,
Que i'euſſe eſté ſans yeux, ſans amour, & ſans vie;
Ou que le premier trait dont me bleſſa l'amour,
Auec la liberté, m'euſt fait perdre le iour:

CLEONIE.

O Dieux ! quel changement :

FLORIMONDE.

Admirez, Cleonie,

De ce presomptueux l'aueugle tyrannie ;
Il veut que malgré moy ie brusle de ses feux,
Il veut la force en main s'attribuer mes vœux :
Que ie sois en effet , ce qu'il m'a veu paroistre,
Enfin estre vainqueur , parce qu'il a creu l'estre ;
I'ay fait mentir mes yeux , il est vray que i'ay feint,
Mais ie l'en aduertis auant qu'il fust atteint ;
Ie n'ay pû rebuter son ardeur violente,
Il s'offrit à payer les mespris de Cleante ;
Et s'estant fait tromper , enfin mal satisfait,
Me veut faire passer de la feinte à l'effet ;
Son riual s'abaissant à ma fureur changée,
Le deuois-ie punir , puisque j'estois vangée ;
Et n'estre point sensible aux vœux que i'ay receus,
C'est nostre different , iugez-nous là dessus ;

CLEONIE.

Theaste souffrira pour vn commun exemple,
Par ma bouche l'amour le bannit de son Temple ;

Et desire

Et desire qu'il soit d'vne commune voix,
Tenu pour vn esclaue indigne de ses Loix;

THEASTE.

O le notable arrest, il faut crier miracle,
La Sybille Messieurs, a rendu son oracle ;
La belle occasion qu'elle a prise aux cheueux,
De punir le mespris que j'ay fait de ses vœux :

CLEONIE.

Ouy, j'ay fort ressenty le pouuoir de tes charmes ?
Peut-estre tu m'as veuë à tes pieds fondre en larmes;
N'as-tu point esté vain de ma ferme amitié,
Et n'ay-ie point souuent imploré ta pitié ?
Comme en son sentiment tout le monde se flatte,
Tu veux paroistre ingrat, & moy paroistre ingrate;
Connoissant ma froideur tu fais l'indifferent,
Escoute, & que ce mot regle ce different ;
Croy que si mon amour n'a ton ame enflammee,
Ie t'aymois moins encore, que ie n'estois aymee;
Ton frere, en m'oubliant m'auoit assez appris,
A ne me fier pas en vos foibles esprits;
Theaste, il est certain que j'aymay ce volage,
Et pour ne l'aymer plus, j'ay trop peu de courage;
Qu'il vante, qu'il soit vain de cette passion,
Ie ne rougiray point de ma confession;

Ie conſerue vne ardeur, que ny ſa perfidie,
Ny ſon eſloignement n'ont iamais refroidie;
I'aymois ton entretien, comme de ſon parent,
Et j'ay promis beaucoup à ton mal apparent;
Mais ce fut ſeulement pour montrer à Thymante,
Que ie pouuois chaſſer l'ennuy qui me tourmente;
Ie ne flatois d'eſpoir tes deſirs ſuperflus,
Que pour luy reſmoigner que ie ne l'aymois plus;

THEASTE.

Que ton humeur eſt feinte!

CLEONIE.

Et la tienne legere;
Ne te ſouuient-il point de certaine Eſtrangere,
Dont on t'a veu trahir la chaſte affection ?
Et ie t'aurois aymé ſçachant cette action ?
Connois-tu Felicie :

THEASTE.

Si ta voix inhumaine,
Icy, cruellement renouuelle ma peine;
Plûſt au Ciel Cleonie, (& ne me croy iamais,
Si tu tiens pour ſuſpect le ſouhait que ie faits.)
Plûſt au Ciel que ma mort euſt conſerué ſa vie,
Ou que ne le pouuant, ie l'euſſe au moins ſuiuie;

Que cét heureux trépas m'euſt épargné de pleurs,
Et que j'euſſe euité de ſenſibles douleurs;

CLEONIE.

Quoy Felicie eſt morte!

THEASTE.

      Helas! le puis-ie dire?
Et n'eſt-ce point aſſez de voir que ie ſouſpire?
Ses beaux iours ſont rauis.

CLEONIE.

     O menſonge effronté,
Dont tu couures ingrat, ton infidelité!
Son frere iuſtement ſenſible à ſon iniure,
Sçaura prouuer ſa vie, & punir le pariure;
C'eſt luy qui t'a traité de mots iniurieux,
Et que ta ſeule offence a conduit en ces lieux;

THEASTE.

I'ay trop ſçeu Cleonie, & de mon frere meſme,
Qu'elle a d'vn triſte ſort franchy la Loy ſupréme;
Mais obtien que ie parle à ce ieune Eſtranger;

        N ij

CLEONIE.

Le voila qui te cherche , & prest à se vanger;

***

SCENE IV.

CLEANTE. FLORIMONDE. CLEONIE. THEASTE. TYRSIS.

TYRSIS.   l'espée à la main, à Theaste.

ENfin l'occasion seconde mon enuie,
Traistre l'espée au poing , si tu ne hays ta vie;

THEASTE.

Vous m'apprendrez au moins;

TYRSIS.

Donnons , c'est trop tarder;

SCENE V.

EVANDRE. *accourant pour les separer.*

Sçachons ce differend, s'il se peut accorder.

THEASTE. *demeure surpris, regardant Tyrsis
qui est retenu par Euandre & Cleante.*

EVANDRE. *à Tyrsis.*

Monsieur vn mot;

TYRSIS.

*O Dieux ! ô seuere contrainte !
Le traistre sçait assez le sujet de ma plainte;
Laissez contre son crime agir ma passion,
Et ne deffendez point vne iuste action.*

CLEANTE. *le retenant.*

*O Dieux! de quel transport est vostre ame agitee?
Vous le voyez la veuë, & la main arrestee;
Ne pouuoir auancer, ny faire mesme vn pas,*

N iij

Et vous attaqueriez, qui ne se deffend pas?

THEASTE.

Cleante, ce guerrier sçait par vn long vsage,
Mespriser ma deffence, & forcer mon courage;
Ne me guarenty point d'vn ennemy si dous,
Et que j'aye l'honneur de mourir de ses coups;

Il jette son espée, & se met à genoux.

O diuine rencontre! ô celeste merueille:
Que mon bon-heur est grand, s'il est vray que ie veille?
Perdez, perdez Theaste, agreable vainqueur,
Vous sçauez le chemin qui conduit à son cœur;
Que vos mains, de vos yeux acheuent les conquestes,
Et ne differez point des victoires si prestes;

FLORIMONDE.

O fatal accident?

TYRSIS.

*   Dieux! que de lascheté?*
Que tu joins, infidelle, à ta legereté!
Sous quel teint, de quel front ozerois-tu paroistre;

Elle dit à Euandre, qui la tient.

O l'aueugle deffence, épargnez-vous vn traistre?

Souffrez que par l'effet d'vn combat glorieux,
De ce perfide esprit, ie deliure ces lieux?

THEASTE.

Ie voy ce beau suiet des tourmens que i'endure,
Ie reuoy Felicie ! ô diuine aduanture !
Vous viuiez ma Deesse, & ces chastes appas,
Ne sont donc point suiets à la Loy du trépas?
Portez le coup fatal, ô diuine aduersaire,
Et vangez-vous sur moy des mensonges d'vn frere;
Qui m'escriuit ma perte, en la fin de vos iours :
O Ciel voy si mon cœur s'accorde à mes discours ;
Puny ma trahison d'vn trespas legitime,
Si tu m'as veu iamais capable de ce crime?
Quel dessein criminel, ô frere iniurieux,
Peut obliger ta main à démentir tes yeux?
Vous viuez, Felicie , ailleurs qu'en ma memoire?
Vous respirez le iour?

TYRSIS.

                    O Dieux le dois ie croire?
Vn iuste fondement tient mes sens ébays,
Et Thymante en effet nous peut auoir trahis ;
Car il m'ayma long-temps, mais cette amour fut vaine;

THEASTE.

Elle ne le fut pas , elle cauſa ma peine,
Et ce laſche impoſteur me mandant voſtre mort,
Creut faire pour ſon bien vn neceſſaire effort !

CLEONIE.

O le perfide eſprit.

TYRSIS.

                  Tu blaſmes ſon offence,
Et par luy toutefois i'appris ton inconſtance ;
Il me diſt qu'vne Dame engageoit tes eſprits,
Qui rompoit ma priſon , & cauſoit tes meſpris.

THEASTE.

Ie mourus mille fois , lors que ie vous creus morte,
Le temps n'eſteignit point vne flamme ſi forte ;
Et ma ſeule raiſon , apres ce vain tourment ,
Enfin m'a fait chercher du diuertiſſement ;
I'ay forcé ma douleur , & i'ay reueu les Dames,
Que ie hantay long tĕps, ſans bruſler de leurs flammes ;
Mais Florimonde enfin me faiſoit depuis peu,
Il le faut auoüer , bruſler d'vn ſecond feu :
Ie feignis pour la voir de ſeruir Cleonie,
Parce que cette belle aymoit ſa compagnie ;

Mais

Mais puifque ie reuoy vos aimables appas,
Leurs plus douces faueurs ne me toucheroient pas;

CLEONIE.

Vous nous obligez fort.

SCENE VI,
ET DERNIERE.

CLEANTE. THYMANTE, FLORIMONDE, THEASTE. EVANDRE. TYRSIS, CLEONIE.

THYMANTE. *fe montrant prefque tout nud.*

V Oila ce deteftable,
Qui trahit fi long-temps voftre ardeur indomptable.
Voyez en quel eftat fon mal-heur l'a reduit,
Et prenenez les coups du Ciel qui le pourfuit.

CLEANTE.

O celefte aduanture!

O

FLORIMONDE.

O diuine iournée,
Par qui de tant d'Amans la peine est terminée ;
Thymante est de retour ?

THEASTE.

Tu parois à mes yeux,
M'ayant voulu rauir ce tresor precieux :
Frere cent fois ingrat ;

THYMANTE.　regardant Cleonie.

Quand ma belle geoliere
N'aura point reietté ma timide priere ;
Ie vous conteray tout, & par quel attentat,
Ie parois en ces lieux, en ce honteux estat.

Il se jette à genoux deuant Cleonie.

Criminel, mais saisi d'vn repentir extréme,
Ie ne veux ny tesmoin, ny iuge que vous-mesme ;
I'ay rompu mes liens, il est vray, ie l'ay fait,
Et ie ne puis treuuer d'excuse à mon forfait ;
Mais le temps qui me rend mes premieres pensées,
A dans mon souuenir vos graces retracées ;
Et j'oze à vos genoux implorer la pitié,
Que me peut accorder vostre rare amitié ;

Ainſi que mon forfait , cette faueur eſt grande,
Mais le courage eſt grand, à qui ie la demande ;
I'oze encore eſperer , & ne me leue point,
Que voſtre affection ne m'accorde ce point.

CLEONIE.

Ie ſouffre ta preſence , apres ta perfidie !
Traiſtre , tu m'as charmée , il faut que ie le die ;
Gouuerne mes deſſeins , diſpoſe de mes vœux,
Et pren comme il te plaiſt , le pardon que tu veux ;
Tu ſçais trop ton pouuoir , & ta moindre priere ,
Suffit à deſarmer ma plus iuſte colere ;

CLEANTE.

O rare affection !

FLORIMONDE.

O veritable amour ;

THYMANTE.   ſe leuant.

Ie doute , ſi ie vis , & ſi ie voy le iour ;
Vous m'aymez Cleonie , ô bonté ſans ſeconde ;
Et dont le ſeul recit étonnera le monde ?
Oyez en peu de mots , vne confeſſion ,
Que rien n'excuſeroit , que voſtre affection :
Vous ſçauez que ie fus , ſur certaine nouuelle ,

O ij

A Lyon, où mon frere auoit veu cette belle;
Il m'auoit eſtimé cette rare beauté,
Et ſa veuë en effet ſurprit ma liberté;
Ma raiſon fut troublée, & d'vn ferme courage,
Ses yeux, & voſtre abſence en firent vn volage;
I'oubliay Cleonie, & Felicie enfin,
D'vn Empire abſolu gouuerna mon deſtin;

A Felicie.

Quoy que ie vous treuuaſſe à mon deſſein contraire,
I'eſperay m'aduancer aux deſpens de mon frere;
Et ie vous dis, Madame, (inſigne trahiſon !)
Qu'vne autre depuis peu, captiuoit ſa raiſon.
Luy s'appreſtant d'ailleurs, à partir de Florence,
Receut de voſtre mort vne fauſſe aſſeurance;
Mon amour fut autheur de cette fauſſeté,
Et j'ay par ce moyen ſon voyage arreſté;
Mais qu'auançay-ie enfin ſur la conſtance meſme?
Et qu'auez-vous promis à mon amour extréme?
Que j'eus en vos bontez vne legere part,
Et que ie fus troublé ſçachant voſtre départ;
Ie me doutay bien-toſt de ce deſſein eſtrange,
Et ſents preſque auſſi-toſt que mon amour ſe change;
I'approuuay le deſſein, que mon frere a preſſé,
Et ie me repentis de l'auoir trauersé;
Cleonie en ce temps reuint en ma memoire,

Il me souuint alors de ma premiere gloire,
Et ie rougis de voir que ce diuin esprit,
Sans vn mot de ma part, m'eust si souuent écrit.
Là dessus toutefois, la peur cede à l'audace,
Ie partis de Lyon, sous espoir de ma grace ;
Et dessus le chemin, quatre insignes voleurs,
Ont joint vn dernier mal à mes autres mal-heurs ;
Ils m'ont mis en l'estat, où ie meurs de paroistre,
Mais où pour mes forfaits, i'auois merité d'estre ;

FLORIMONDE.

Dieux ! l'étrange accident !

THEASTE. à Felicie sous le nom de Tyrsis.

Vertueuse beauté,
Enfin qu'ordonnez-vous à ma fidelité ;
Mais en puis-ie vouloir vn plus digne salaire,
Que vostre propre doute, & que vostre colere ;
Puis-ie sans estre vain, & sans confusion,
Voir Felicie armée à mon occasion ?

FELICIE.

Iugez de mon amour, & sçachez de Cleante,
Combien pour ton suiet ma flamme est violente ;
Ie prenois ta deffense, & l'ozay prouoquer,
Sur le simple dessein qu'il eut de t'attaquer ;

Mais que ne peut l'amour deſſus de ieunes ames,
N'accuſons, ny loüons que ſes diuines flammes ;
Que nos plaiſirs preſens, effacent nos trauaux,
Et d'vn commun deſſein pardonnons tous nos maux;

THEASTE. à Cleonie.

Donc, Madame, imitez ſa bonté ſans pareille ;

A FLORIMONDE.

Et vous que j'accuſois, agreable merueille,
Auec ce beau riual, gouſtez tous les plaiſirs,
Qu'Hymen peut accorder à vos ieunes deſirs ;

CLEANTE.

Oublions pour iamais nos communes querelles,
Honorons l'inconſtant, & loüons les fidelles ;
C'eſt trop nourrir d'ennuys, c'eſt trop verſer de pleurs,
Apres tant de ſoucis recueillons d'autres fleurs ;
Et que pour ſouuenir de ce triple hymenée,
On celebre à iamais, cette heureuſe iournée.

FIN.

Extraict du Priuilege du Roy.

PAR Grace & Priuilege du Roy, en datte du 27. Septembre 1649. signées Par le Roy en son Conseil EON. Il est permis à ANTOINE DE SOMMAVILLE, Marchand Libraire à Paris, d'imprimer ou faire imprimer, vendre & debiter FLORIMONDE COMEDIE de *Monsieur de* ROTROV, & ce pendant l'espace de cinq ans, à compter du iour qu'elle sera acheuée d'imprimer, & deffenses sont faites à tous autres de l'imprimer, sur peine d'amande, & de confiscation des Exemplaires, ainsi qu'il est plus amplement porté par lesdites Lettres de Priuilege.

Acheué d'imprimer le dix-septiesme Mars mil six cens cinquante-quatre.

Les Exemplaires ont esté fournis.

www.ingramcontent.com/pod-product-compliance
Ingram Content Group UK Ltd.
Pitfield, Milton Keynes, MK11 3LW, UK
UKHW022315070726
13614UKWH00002B/741